Gabriel Josipovici · Nur ein Scherz

GABRIEL JOSIPOVICI

Nur ein Scherz

ROMAN

AUS DEM ENGLISCHEN
VON
GERD HAFFMANS

BEI ZWEITAUSENDEINS

Titel der englischen Originalausgabe:
»Only Joking«.

Deutsche Erstausgabe
1. Auflage, Januar 2006

Lektorat von Juliane Zaubitzer.
Umschlagbilder von Andy Wildi,
© Edition Tiramisù, CH-6989 Novaggio.
Umschlag, Produktion und Gestaltung von Urs Jakob,
Werkstatt im Grünen Winkel, CH-8400 Winterthur.
Herstellung: Offizin Andersen Nexö, Leipzig.
Printed in Germany.

Dieses Buch gibt es nur bei Zweitausendeins im Versand, Postfach, D-60381 Frankfurt am Main, Telefon 069-420 8000, Fax 069-415 003. Internet www.Zweitausendeins.de, E-Mail info@Zweitausendeins.de. Oder in den Zweitausendeins-Läden in Berlin, Düsseldorf, Frankfurt am Main, Freiburg, 2x in Hamburg, in Hannover, Köln, Mannheim, München, Nürnberg und Stuttgart.

In der Schweiz über buch 2000, Postfach 89, CH-8910 Affoltern a. A.

ISBN 3-86150-563-0

Mit Dank an George Szirtes,
der mich in die Dichtung von Sándor Petöfi
eingeführt hat.

I

Wenn der Baron, wie er sich gern anreden läßt, plaudern möchte, setzt er sich auf den Beifahrersitz. Felix hütet sich, das Gespräch zu beginnen. Er ist ganz damit beschäftigt, die schwere lautlose Luxuslimousine durch die verstopften Straßen von Henley zu steuern.

Erst als sie sich der Autobahnauffahrt nähern, hebt der Baron an.

– Miss Jenkin war wieder in Hochform, sagt er.

– Freut mich zu hören, Sir, sagt Felix, wie stets, wenn der Baron nach seinem wöchentlichen Besuch die entsprechende Bemerkung abgibt.

– Ihre Erinnerung an meine kindischen Streiche war noch deutlicher als sonst, sagt der Baron. Zuweilen glaube ich, sie erfindet diese Geschichten lediglich, um mich in Verlegenheit zu versezen.

Felix lächelt, die Augen auf die Straße gerichtet.

– Wenn man ihr zuhört, sagt der Baron, gewinnt man den Eindruck, ich hätte meine ganze Jugend damit zugebracht, allen, mit denen ich – zwangsläufig – aufgewachsen bin, das Leben nach Kräften zur Hölle zu machen.

Danach schweigt der Baron so lange, daß Felix, den Blick auf die Straße und den Rückspiegel gerichtet, zu Recht hätte annehmen dürfen, er sei eingeschlafen.

– Und doch scheint sie mir nichts nachzutragen, fährt der Baron schließlich fort, als hätte es keine Unterbrechung gegeben. Ganz im Gegenteil. In ihrer Erinnerung sind aus meinen Streichen und schlimmen Scherzen ein liebenswerter Übermut geworden, Anzeichen eines charmanten unabhängigen Kopfes.

Wieder versinkt der Baron in Schweigen.

– Wenigstens, fährt der Baron nach einer Weile weiter fort, möchte sie mich das glauben machen. Gleichzeitig legt sie durch ihr Verhalten nahe, dies sei die Ansicht einer allzu nachsichtigen, leicht vergreisten alten Dame, und daß also eine völlig andere Beurteilung meines Verhaltens nicht nur möglich, sondern ziemlich wahrscheinlich sei.

– Ich frage mich nur, sagt der Baron, ob sie sich dessen bewußt ist oder nicht, ob sie will, daß ich diesen Schluß ziehe, oder ob nur mein schlechtes Gewissen an diesem Eindruck schuld ist.

Mit unbewegter Miene zieht Felix auf der Überholspur lautlos an den anderen Autos vorbei.

– Felix, sagt der Baron, da ist etwas, das ich Sie fragen möchte.

– Ja, Sir? sagt Felix.

– Felix, sagt der Baron, wäre es möglich, daß es in Ihrem großen Bekanntenkreis jemanden gibt, der mir behilflich sein könnte?

Den Blick auf die Straße gerichtet, wartet Felix auf die Fortsetzung.

– Ein Freund von mir, sagt der Baron, sucht jemanden, einen zuverlässigen Mann, der jemanden für ihn beschatten soll. Könnte es sein, daß Sie da jemanden wüßten?

Felix läßt sich nicht anmerken, ob er verstanden hat. Der Baron wartet geduldig.

Schließlich sagt Felix: – Ich glaube schon, Sir.

– Ein zuverlässiger Mann?

– Er erledigt die Dinge auf seine Weise, sagt Felix. Man sollte ihn machen lassen, wenn Sie verstehen, Sir.

– Ich bin sicher, meinem Freund fiele es nicht im Traum ein, ihm Vorschriften machen zu wollen, sagt der Baron. Vielleicht sind Sie so freundlich, Felix, und überlassen mir Name und Telefon-Nummer, wenn wir zu Hause sind.

– Sehr gern, Sir, sagt Felix und lenkt die schwere Limousine von der Autobahn Richtung Highbury.

Der Baron seufzt und schaut auf seine Uhr. – Fünf Uhr, sagt er. Sportnachrichten.

Felix beugt sich vor und schaltet das Radio ein.

2

– Die fragliche Person, Mr. Alphonse, ist meine Frau, sagt der Baron.

– Alphonse genügt, sagt der Mann.

Sie sitzen an einem kalten Frühlingstag auf einer Bank zwischen Westminster und Lambath Bridge mit Blick auf den Fluß.

– Alle nennen mich Alphonse, sagt der Mann.

Der Baron, wie er sich gern anreden läßt, nimmt es mit feinem Lächeln zur Kenntnis.

– Die Dame lebt mit Ihnen zusammen? fragt Alphonse.

– Sozusagen, sagt der Baron. Sozusagen.

Er nimmt ein Foto aus seiner Brieftasche und reicht es Alphonse, der es schweigend betrachtet.

– Was müssen Sie sonst noch wissen? fragt der Baron.

– Ich wäre dankbar für einen Zeitplan der Aktivitäten der Dame, sagt Alphonse.

– Einen Zeitplan?

– Nur eine grobe Übersicht, versteht sich.

– Wenn es das ist, was Sie brauchen, selbstverständlich, sagt der Baron.

Alphonse studiert das Foto eingehend. Ein Hubschrauber überfliegt den Fluß südwärts.

– Etwas geschmeichelt, sagt der Baron. Sie ist sehr fotogen. War sie immer. In Wirklichkeit sieht man ihr Alter.

– Und das ist? fragt Alphonse, immer noch mit Blick auf das Foto.

– Vierundfünfzig, sagt der Baron. Oder so ungefähr.

– Ah, ja, sagt Alphonse. Eine hübsche Frau, meint er und wendet sich dem Baron zu, der weiter auf den Fluß starrt.

– Darf ich? fragt Alphonse schließlich und hält das Foto hoch.

– Selbstverständlich, sagt der Baron, deswegen hab ich es mitgebracht.

Alphonse steckt es sorgfältig in seine Brieftasche.

Der Baron hält einen Umschlag in Händen. – Wie ich annehmen darf, sind Sie sich bewußt, daß wir unseren Kontakt auf ein Minimum beschränken müssen. Hier drin finden Sie den vereinbarten Vorschuß sowie meine Telefon- und Handy-Nummer. Bitte vernichten Sie die letzteren, nachdem sie sich alles eingeprägt haben. Machen Sie bitte nur im Notfall davon Gebrauch. Meine Frau ist äußerst mißtrauisch. Sie darf nicht den leisesten Verdacht schöpfen. Ich rufe Sie regelmäßig an, um mich nach dem Fortgang der Ermittlungen zu erkundigen, aber Sie rufen mich nur im Notfall an. Haben wir uns verstanden?

Alphonse steckt den Umschlag ungeöffnet in die Innentasche seines Jacketts. – Diese Dinge brauchen Zeit, wie Sie sicher verstehen, sagt er. Zuallererst …

– Bitte ersparen Sie mir Einzelheiten, sagt der Baron und faßt ihn am Arm.

– Wie Sie wünschen, sagt Alphonse etwas enttäuscht.

– Ich hab es nicht eilig, sagt der Baron. Was ich brauche, sind handfeste Beweise.

Alphonse zieht seinen dunklen Mantel fester um sich.

– Sie war schon immer etwas überspannt, sagt der Baron. Ihr fehlt, wie soll ich sagen? ein wenig das Gefühl für die ungeschriebenen Gesetze des gesellschaftlichen Umgangs. In den letzten Monaten kam es mir gar vor, als sei ihr die Selbstkontrolle entglitten. Und nun habe ich Grund zur Annahme, daß sie sich mit einem anderen Mann trifft.

Jetzt starrt Alphonse auf den Fluß.

– Ich muß gestehen, ich war überrascht, sagt der Baron. Sie hat nie auch nur das geringste Interesse an Männern oder Sex gezeigt, nur an Geld.

– Vielleicht hat der Mann Geld, wagt Alphonse einzuwenden.

– Das bezweifle ich, daß er da mithalten kann, sagt der Baron. Ich war so frei, fährt er fort, einen Blick in ihr Tagebuch zu werfen. Es sieht ganz so aus, als plane sie mit diesem Mann, jemanden umzubringen – zumindest bildet sie sich das ein. Sollte das wirklich der Fall sein, möchte ich sie vor sich selbst schützen. Sollte ich das Opfer sein, möchte ich mich natürlich auch selbst schützen. Das alles ist herauszufinden. Wer ist der Mann? Ist er ihr Liebhaber oder Komplize oder beides? Wer ist das erkorene Opfer, wenn es denn wirklich eines gibt? Und so weiter. Verstehen Sie?

– Selbstverständlich, sagt Alphonse.

– Wenn ich also sage, wir haben es nicht eilig, sagt der Baron, heißt dies nicht, daß wir endlos Zeit haben. Wenn wir sie vor sich selbst schützen wollen. Und andere.

– Verstehe, verstehe, sagt Alphonse.

– Das wäre alles, sagt der Baron. Wohin soll ich den Zeitplan schicken?

– Schreiben Sies doch einfach hier auf, sagt Alphonse. Das macht weniger Umstände. Echt wahr.

Der Baron holt ein kleines Notizbuch mit goldenen Ecken und einen goldenen Stift aus der Innentasche. Er schiebt ein Bein über das andere, zieht die Hosenbeine hoch, um die Bügelfalte zu schonen, und schlägt auf den Knien das Notizbuch auf.

Alphonse holt ein zerknittertes Päckchen Zigaretten hervor, nimmt eine, steckt sie an und zieht genußvoll den Rauch ein.

– Ich wäre Ihnen sehr verbunden, wenn Sie in meiner Gegenwart das Rauchen unterlassen könnten, sagt der Baron, ohne aufzublicken.

Alphonse nimmt die Zigarette aus dem Mund, betrachtet sie und schnippt sie in den Fluß. Er nimmt den Umschlag, den der Baron ihm gerade gegeben hat, macht ihn auf, zählt das Geld und steckt den Umschlag wieder in die Jackettasche.

– Hier bitte, sagt der Baron und reißt eine Seite aus dem Notizbuch. Alphonse wirft einen Blick darauf.

– Das seh ich mir in Ruhe an, sagt er, und steckt das Blatt in die Brieftasche zu dem Foto.

– Gibt es sonst noch etwas, das Sie wissen müssen? fragt der Baron.

– Nein, sagt Alphonse. Ich denke, das reicht für den Anfang.

– Schön, sagt der Baron. Er steht auf. Ich melde mich in einer Woche, sagt er.

– In einer Angelegenheit dieser Tragweite müssen alle Seiten Geduld aufbringen, sagt Alphonse.

– Gewiß, sagt der Baron. Ich wünsche Ihnen einen Guten Tag.

Er geht Richtung Lambeth Bridge davon. Über ihm flattern kreischende Möwen.

Alphonse holt die Zigaretten wieder hervor, nimmt eine, steckt sie sich an, lehnt sich zurück, schließt die Augen und atmet langsam den Rauch aus.

3

Elsbeth, in violettem Kostüm und passendem Hut mit einer kecken Pfauenfeder, hat Alphonse in eines ihrer Lieblingsrestaurants, Xaviers in der Marylebone High Street, eingeladen.

– Diese Leute haben ihn *umgedreht*, Alphonse, sagt sie. Die haben ihn einer *Gehirnwäsche unterzogen*. Die haben Fremde aus uns gemacht. Wenn er mich jetzt so ansieht, hab ich das Gefühl, als wäre ich etwas, das die Katze ins Haus geschleppt hat. Und wenn wir uns begegnen, sind seine Augen so voller *Häme*. Alphonse, sagt sie, wann *unternehmen* Sie endlich etwas?

Sie steckt sich eine neue Zigarette an der letzten an und drückt die Kippe dann wütend im überquellenden Aschenbecher aus. Ein Kellner erscheint aus dem Nichts, wechselt den Aschenbecher aus und verschwindet.

– Sie rauchen zuviel, Elsbeth, sagt Alphonse. Echt wahr.

– Wann, Alphonse? sagt sie, und streicht die Feder zurück. Wann?

– Der Baron wollte mich letzte Woche sehen, sagt Alphonse ruhig.

– Der Baron?

– Ja, sagt Alphonse. Echt wahr.

– Der Baron? sagt sie noch mal. Warum?

– Er möchte mich anheuern, sagt Alphonse.

– Sie anheuern? sagt sie. Aber das kann er nicht. Ich hab Sie bereits angeheuert.

– Das weiß er nicht, sagt Alphonse.

– Sie haben es ihm nicht gesagt?

Alphonse beugt sich über den Tisch. – Er möchte, daß ich Sie beschatte, sagt er ruhig.

– Mich beschatten?

– Ja.

– Was soll das heißen, Alphonse, sagt sie und wird unter ihrem Make-up ganz blaß.

– Das heißt, ich soll Ihnen überall hin folgen, Elsbeth. Das heißt, ich soll Ihnen nachspionieren und herausfinden, was Sie vorhaben.

– Oh, sagt sie mit wildem Auflachen. Da werden Sie ja von beiden Seiten genommen.

– Er denkt, sagt Alphonse und senkt die Stimme, daß Sie sich mit einem anderen Mann treffen.

– Ich? sagt sie.

– Wissen Sie, sagt Alphonse, als der Kellner den Dessertwagen heran schiebt, ich glaube, ich hätte gern etwas von der *Crème caramel.*

– Mit Sahne, Sir?

– Warum nicht? sagt Alphonse.

Sie schweigen, solange der Kellner beschäftigt ist.

– Und Madam? fragt er.

– Nur einen Kaffee, Viktor, sagt Elsbeth. Und einen Brandy.

– Für mich auch, bitte, sagt Alphonse.

– Kaffee oder Brandy, Sir?

– Beides, sagt Alphonse. Beides.

Als er gegangen ist, lehnt sie sich über den Tisch und sagt zu Alphonse:

– Sehen Sie mal, wie der da sitzt. Einfach widerlich.

– Elsbeth, sagt Alphonse.

– Ober! ruft sie. Und als er kommt. – Ein Stück Papier und einen Stift, bitte, Viktor.

– Elsbeth, sagt Alphonse. Hören Sie mir überhaupt zu?

– Einfach widerwärtig. Ich halt das gar nicht aus, wie der da sitzt. Das ist ganz schlecht für den Rücken. Da tut mir vom bloßen Zusehen der Rücken weh.

Sie schreibt, faltet das Blatt zweimal und reicht es dem Kellner.

– Würden Sie das bitte dem Herrn in der Ecke geben?

– Dem Herrn?

– Dem da drüben, der da sitzt wie ein Sack.

– Sehr gern, Madam.

– Elsbeth, sagt Alphonse, hören Sie mir endlich zu?

– Gleich, Alphonse, gleich.

Sie beobachtet gespannt, wie der Mann das Schreiben öffnet, während der Kellner wartet. Der Mann sieht zu ihr herüber, faltet den Zettel, steckt ihn in die Tasche und setzt die Unterhaltung mit seinem Freund fort.

– Das ist nur zu seinem Besten, sagt sie. Wenn er so weitermacht, ist er bettlägerig, bevor er sechzig wird.

– Elsbeth, sagt Alphonse, ich möchte, daß Sie mir gut zuhören, und benehmen Sie sich nicht so auffällig.

Kaffee und Brandy kommen. Elsbeth zündet sich eine neue Zigarette an. Alphonse schiebt sein leeres Dessertschälchen weg und zieht die Kaffeetasse heran.

– Er glaubt, Sie treffen sich mit einem anderen Mann, fängt er wieder an.

– Unsinn, sagt Elsbeth, er sollte mich besser kennen.

– Tun Sie das denn nicht?

– Selbst wenn, ginge Sie das nichts an, sagt Elsbeth. Davon abgesehen: Nein. Tu ich nicht.

– Denken Sie nach, sagt Alphonse lächelnd.

Er hält seinen Brandy unter die Nase und schließt die Augen, um den Duft einzuatmen.

Langsam dämmerts ihr. – Sie meinen, Sie? sagt sie.

Er lächelt ihr über den Rand des Glases zu.

– Lächerlich, sagt sie.

– Aber er hat recht. Aus seiner Sicht. Echt wahr.

– Aber wie hat er ...? Woher ...?

– Er hat Ihr Tagebuch gefunden und gelesen, sagt Alphonse. Ich habe Ihnen immer gesagt, Sie sollen vorsichtig sein.

– Das kann nicht sein, sagt sie. Vorsichtiger kann man nicht sein. Außerdem ist alles in Geheimschrift.

Alphonse nippt an seinem Brandy.

– Alphonse, sagt sie. Glauben Sie, er weiß was von unserem Plan?

Alphonse hebt die Schultern.

– Warum Sie? sagt sie, von einem plötzlichen Gedanken erfaßt. Wieso verfällt er unter allen Menschen ausgerechnet auf Sie?

– Felix hat mich empfohlen, sagt Alphonse und lächelt sie an.

– Das kann er nicht. Er hat Sie *mir* empfohlen.

Sie holt ihr Kosmetiktäschchen hervor, zieht ihre Lippen nach, knipst das Kosmetiktäschchen wieder zu und steckt sich eine neue Zigarette an.

Geräuschlos entfernt ein Kellner den Aschenbecher und stellt einen sauberen hin.

– Felix vertraut mir, sagt Alphonse. Er weiß, daß ich gut bin.

– Mir doch egal, ob er alles weiß. Er kann mich nicht aufhalten.

– Er hat nur einen Verdacht, sagt Alphonse. Im Augenblick soll ich Sie beschatten und mehr herausfinden.

– Bei ihm ist man nie sicher, sagt sie. Aus dem wird man nicht schlau.

– Aber *ich* bin mir sicher, sagt Alphonse. Ganz sicher.

– Und was haben Sie jetzt vor? fragt sie.

– Ich?

– Ja, was wollen Sie ihm erzählen, Alphonse? Und hören Sie auf, so zu grinsen. Ich mag das nicht, wenn Sie so grinsen.

– Ich werde ihm Bericht erstatten, sagt Alphonse und grinst sie weiter über den Rand des Glases hinweg an. Ich halte ihn auf dem laufenden. Und wir machen weiter wie geplant.

– Alphonse, sagt sie, je schneller Sie das erledigen, desto besser. Ich hab Ihnen gesagt, es ist dringend.

– Elsbeth, sagt er. Ich habs Ihnen erklärt. Diese Dinge brauchen Zeit. Das erledigt man nicht an einem Tag.

– Sie haben Zeit gehabt, Alphonse, sagt sie. Sie haben Zeit gehabt und Geld bekommen. Ich möchte langsam Ergebnisse sehen.

– Bitte keine Hetze, sagt Alphonse. Nicht bei so einem Job. Echt nicht.

– Das sagen Sie schon die ganze Zeit, sagt sie.

– Und warum sag ich das? Weil es stimmt, Elsbeth, echt wahr.

– Oh, Alphonse, ich hab solche Angst. Was, wenn er unsere Pläne kennt? Wenn er nur darauf lauert loszuschlagen?

– Beruhigen Sie sich, Elsbeth, sagt er. Überlassen Sie alles mir.

– Ich hab alles Ihnen überlassen, sagt sie. Und was ist passiert? Gar nichts.

– Wissen Sie, was das Geheimnis eines guten Clowns ist, Elsbeth? fragt er.

– Nein, Sie haben es mir erzählt, aber ich habs vergessen.

– Seine Unschuld, Elsbeth, sagt er. Ein Clown ist unschuldig. Er ist unschuldig, weil er nicht in diese Welt geboren wurde, weil er überhaupt nicht von dieser Welt ist.

– Ich weiß nicht, was Sie mir damit sagen wollen. Sie bringen mich völlig durcheinander mit Ihrem Gerede. Wir haben nicht mehr viel Zeit, Alphonse. Wenn Sie überhaupt etwas unternehmen wollen, dann jetzt.

– Ich hab meine Pläne, sagt Alphonse. Echt wahr.

– Das sagen Sie die ganze Zeit.

– Und warum sag ich das die ganze Zeit?

– Woher soll ich das wissen? sagt sie.

– Weil es die Wahrheit ist, Elsbeth. Echt wahr.

– Wir sollten nicht zusammen gesehen werden, sagt sie. Ich weiß wirklich nicht, warum wir uns hier in aller Öffentlichkeit treffen.

– Das war Ihr Vorschlag, sagt er.

– Ist ja schließlich nicht verboten, sagt sie und streicht die Feder zurück. Ich kann essen, mit wem es mir paßt, oder?

– Ja, Elsbeth, sagt er.

– Vielleicht hat er uns zusammen gesehen, sagt sie. Sie kennen ihn nicht. Fallen Sie ja nicht auf seinen Charme herein, Alphonse.

– Beruhigen Sie sich, Elsbeth, sagt er. Bitte beruhigen Sie sich doch.

– Ich bin völlig ruhig, sagt sie. Was wollen Sie ihm erzählen?

– Wem?

– Dem Baron.

– Was ist mit ihm?

– Was wollen Sie ihm über mich erzählen? Daß ich mich mit einem anderen Mann treffe?

Die zwei Männer in der Ecke stehen auf. Ein Kellner hilft ihnen in die Mäntel. Beim Hinausgehen schürzt der eine, dem sie die Nachricht hat bringen lassen, die Lippen und droht mit dem Zeigefinger. Sie steckt sich eine Zigarette an der letzten an und drückt die Kippe heftig im Aschenbecher aus.

– Mir fällt schon was ein, sagt Alphonse. Echt wahr.

4

– Ich bin müde, Lino, sagt Alphonse. Diese Leute schaffen mich. Echt wahr.

– Kein Problem, sagt Lino. Ich bring dir einen Kaffee, das wird dir gut tun.

Sie sitzen im Hinterzimmer von Linos Restaurant in Knightsbridge. Lino bringt einen Espresso und setzt sich schweigend. Alphonse nippt.

Linos Tochter Rosalia kommt herein. Ihr Vater umarmt sie.

– Hast du schon gegessen, *Cara*? fragt er sie.

– Ja.

– Wo?

– Ist doch egal, sagt sie.

Sie läßt sich auf das Sofa fallen und schließt die Augen.

– Bestimmt nicht so gut, wie du hier essen kannst, sagt ihr Vater. Warum ißt du nie hier?

Sie liegt auf dem Sofa, die Augen geschlossen.

– Warum, *Cara*? sagt er. Warum?

– Laß mich in Ruhe, Papa.

Lino wendet sich wieder Alphonse zu. – Wie läufts? fragt er.

– Hier, sagt Alphonse. Er holt ein Bündel Banknoten aus seiner Innentasche hervor und zeigt es Lino.

Lino pfeift.

– Jetzt arbeite ich für ihn und für sie, sagt Alphonse.

– Ist ja ein Ding. Und wie soll das gehen?

– Ich hab meine Methode, sagt Alphonse. Echt wahr.

– Und jeder bezahlt dich, damit du den andern im Auge behältst?

– Mehr oder weniger.

– Du bist ein ganz Schlauer, Alphonse, sagt Lino.

– Da kommt noch mehr, sagt Alphonse. Zwei Drittel, wenn ich für sie liefere, die Hälfte, wenn ich für ihn liefere.

– Und lieferst du?

– Ich hab da meine Methode, sagt Alphonse.

Das Mädchen erhebt sich mit einem Seufzer vom Sofa.

– Wie gehts denn so, Rosie? sagt Alphonse, als ihr Vater sie umarmt.

– Okay.

– Immer noch Künstlerin?

– Kunststudentin.

– Was ist der Unterschied?

– Denk nach, Klugscheißer.

– He, sagt Lino. Paß auf, was du sagst.

– Eines Tages geb ich mein Porträt bei dir in Auftrag, sagt Alphonse.

– Jajaja, sagt sie. Träum weiter.

– Ich lebe von Träumen, sagt Alphonse.

Er hält die Banknoten aufgefächert in der Hand.

– Soll ich dir einen Trick zeigen?

– Ja, los.

– Paßt du auf?

– Jaha, mach schon.

– Okay. Eins, zwei, drei und weg sind sie.

Sie kratzt sich am Kopf.

– Wo sind sie geblieben, Süße? fragt Alphonse.

– Woher soll ich das wissen?

– Soll ichs dir zeigen?

– Okay.

– Da sind sie, mein Spatz, sagt Alphonse, streckt die Hand aus und fischt die Banknoten aus ihrer Manteltasche. – Gut, was? sagt er.

– Okay.

– Wo die herkommen, gibt es noch viel mehr, sagt Alphonse. Noch viel mehr.

– Kohle oder Tricks?

– Beides, mein Spatz, beides.

Sie wendet sich von ihm ab. – Ich muß los, Papa, sagt sie.

– Wohin, *Cara*?

– Frag mich nicht dauernd, Papa.

– Gehst du in die Akademie?

– Ich habs dir schon mal gesagt, sagt sie. Frag mich nicht dauernd.

– Sie hält nicht viel von meinem Trick, sagt Alphonse, nachdem sie gegangen ist.

– Sie kennt ihn schon.

– Nicht mit Fünfzigern. Nicht mit fünfzig Fünfzigern.

– Geld interessiert sie nicht, sagt Lino. Nur Männer.

– Ich bin ein Mann, sagt Alphonse.

– Flossen weg von meiner Tochter, sagt Lino.

– Hey, sagt Alphonse, war nur ein Scherz.

– Gleichfalls, sagt Lino.

5

– In der letzten Szene, sagt Charlie, gibts eine gewaltige Schießerei, aber die Kamera bewegt sich nicht. Manchmal ist jemand im Bild, dann wieder nicht, manchmal ist nur etwas zu hören, dann wieder nichts als die Waldlichtung, Vogelgezwitscher und das Ächzen der Bäume und –

– Kapier ich nicht, sagt Natascha.

Rosie plumpst atemlos an ihren Tisch. – Hi, sagt sie.

Ein Kellner erscheint.

– Einen Macchiato, sagt sie. Sie erzählt den andern: – Erinnert ihr euch an den Typ, von dem ich euch erzählt hab? Den Clown?

– Welcher Clown?

– Dieser Freund von meinem Dad. Er war heute im Hinterzimmer und hat meinem Dad ein Geldbündel gezeigt.

– Wieviel?

– Scheißviel. Fünfziger. Er hat mehrere Jobs gleichzeitig laufen, und die haben ihm einen Vorschuß gegeben.

– Hat er die Kohle bei sich?

– Er gibt gern damit an. Er fächert die Scheine wie Karten auf, läßt sie verschwinden und fischt sie dann aus deiner Manteltasche, so in der Art.

– Hat er das mit dir gemacht?

– Ja.

– Du hättest mit den Scheinen abhauen sollen, bevor er sie wieder rausgeholt hat.

– Haha.

– Kennst du ihn?

– Ich hab euch von ihm erzählt. Er ist ein Freund von meinem Dad. Groß. Schwer. Sieht nicht schlecht aus. Mit gestutztem Bart. Er heißt Alphonse.

– Alphonse?

– Er war früher ein Clown. Das ist sein Clowns-Name.

– Komischer Name für einen Clown.

– Ich weiß nicht. Er ist Ausländer.

– Ist er oft bei deinem Dad?

– Ja. Ab und zu.

– Was macht er so?

– Der beschattet Leute, glaub ich.

– Und das waren bestimmt Fünfziger?

– Ja. Die hat er so aus der Tasche gezogen.

– Glaubst du, der ist auf dem Video?

– Kann sein. Er geht da ein und aus. Ich mag ihn nicht besonders.

Der Kaffee kommt. Sie steht auf, sucht einen

Aschenbecher und redet mit den Leuten am Nebentisch.

– Also, wenn der Typ tot ist, sagt Charlie, siehst du, wie Blut über die Leinwand sickert. Erst hörst du, wie die Kugel einschlägt und die Leiche dumpf hinschlägt, und nach einiger Zeit sickert das Blut von rechts oben ins Gras. Und dann, ganz langsam, eine Hand, und dann ein Stück vom Arm.

– Für mich hört sich das ziemlich bescheuert an, sagt Natascha.

Rosie kommt an ihren Tisch zurück. – Ich muß noch mal los, ich brauch Schuhe. Bleibt ihr noch?

– Kann sein, sagt Charlie.

– Ich schau noch mal rein, sagt Rosie, trinkt ihren Kaffee aus und legt Geld auf den Tisch. Als sie weg ist, sagt Charlie: – Und?

– Und was?

– Wollen wir uns den schnappen?

– Den Clown?

– Mmm.

– Warum nicht?

– Ich finde es geschmacklos, sagt Charlie, daß so ein Typ so viele Scheine hat. Ich meine, wir sind es der Gesellschaft schuldig, ihn davon zu befreien. Freiheit, Brüderlichkeit *und Gleichheit,* hat der Mann schließlich gesagt. Glaubst du, du packst das?

– Locker vom Hocker, sagt Natascha.

– Er könnte gefährlich sein.

– Er scheint sehr von sich eingenommen zu sein, sagt sie. Selbstgefällige Menschen sind selten gefährlich.

– Was glaubst du, wie lange du brauchst?

– Kommt drauf an, oder?

– Ich glaub, das gefällt mir nicht.

– Warum nicht?

– Mir gefällt die Vorstellung nicht: Du mit dem Typ in derselben Wohnung …

– Red keinen Scheiß, sagt sie. Ich kann alleine auf mich aufpassen.

– Du mußt vorsichtig sein.

– He, sagt sie, ich bin vorsichtig.

– Okay, sagt er. Packen wirs an.

– Wie finden wir ihn?

– Ich seh mir zuerst das Video an. Und ich frag Rosie.

– Willst du sie einweihen?

– Nicht nötig, sagt er. Wenn er Stammkunde im Restaurant ist, fällt uns schon was ein.

6

Der elegant gekleidete Mann mit sorgfältig gestutztem Bart unter der Restaurant-Markise in Knightsbridge streckt den Arm aus und zieht eine große junge Frau aus dem Nieselregen ins Trockene.

– Aua! sagt sie. Lassen Sie mich los.

– Sie werden naß, sagt er, ohne sie loszulassen. Echt wahr.

– Lassen Sie mich los, sagt sie. Ich hol die Polizei.

– Das tun Sie nicht, sagt er. Nicht mit dem, was Sie in der Tasche haben.

– Wovon reden Sie? sagt sie. Doch sie hört auf, sich zu wehren, und ein Weilchen stehen die beiden beisammen unter der Markise und betrachten das nasse Pflaster und die vorbei eilenden Leute.

Schließlich sagt sie: – Woher wissen Sie das?

– Ich hab Sie gesehen, sagt er. Ich bewundere Ihre Technik.

Sie schweigt einen Moment, als müsse sie

die Information erst verdauen. Dann sagt sie: – Wollen Sies?

Er drückt ihren Arm. – Nennen Sie mich Alphonse, sagt er.

Sie steckt ihre Hände in die Manteltasche.

– Nein, nein, sagt er. Bitte.

– Was wollen Sie?

– Warum plaudern wir nicht ein wenig? sagt er. Wir könnten Sachen zusammen unternehmen, Sie und ich. Echt wahr.

– Was für Sachen?

– Geschäfte, sagt er. Sie und ich könnten ins Geschäft kommen. Echt wahr.

– Was bringt Sie darauf, daß ich mit Ihnen ins Geschäft kommen will? sagt sie.

– Das hier, sagt er und tätschelt ihre Tasche. Warum plaudern wir nicht bei einem Kaffee?

* * *

Im Café schaut er ihr in die Augen. – Wie heißen Sie? fragt er.

– Isabelle, sagt Natascha.

– Ein wunderschöner Name.

Er streckt seine Hand aus.

– Wie bitte? sagt sie.

– Zeigen Sie mal her.

– Nein.

– Bitte, Isabelle, ich möchte sehen, was drin ist.

– Nein, sagt sie.

– Warum schauen Sie nicht selbst nach?

Sie holt das Portemonnaie aus ihrer Manteltasche, nimmt ein Bündel Banknoten heraus und hält sie ihm hin.

Er pfeift. – Sie sind ein schlaues Mädchen, Isabelle.

Sie durchsucht das Portemonnaie.

– Kreditkarten? fragt er.

– Nix.

– Armes Schwein, sagt er.

Sie steckt das Portemonnaie wieder in ihre Manteltasche.

– Okay, sagt er. Behalten Sie es. Sie haben es verdient.

– Woher kommt Ihr komischer Akzent? fragt sie.

– Ich habe keinen komischen Akzent.

– Sondern?

– Einen ungarischen.

– Ungarisch?

– Ich komme aus Ungarn.

– Mit *dem* Namen?

– Das ist mein Künstlername.

– Welche Kunst?

– Clown.

– Ah, sagt Natascha und blickt ihn bewundernd mit ihren großen blauen Augen an.

– Ein alter und ehrenwerter Beruf, sagt er. Vielleicht der älteste der Welt.

– Also, sagt sie, was schlagen Sie vor?

– Ich hab ein Zimmer frei, sagt er. Schöne Wohnung. Sie könnten da einziehen. Wir könnten zusammenarbeiten.

– Wo?

– In Kennington.

– Hört sich nicht so toll an, sagt sie.

– Es ist eine schöne Wohnung. Mit Blick auf einen schönen Platz. Viel Grün. Was sagen Sie?

– Vielleicht, sagt sie.

– Ja oder nein, sagt er.

– Ich muß erst noch meine Sachen holen.

– Wo?

– Nicht weit von hier.

– Ich komm mit, sagt er.

– Wieso?

– Ich möchte nicht, daß Sie abhauen.

– Ich möchte nicht abhauen.

– Das ist gut, sagt er. Ich habe Pläne für uns, Isabelle. Echt wahr.

– Ich auch, sagt Natascha.

– Was machen Sie, Isabelle?

– Ich bin Kunststudentin.

– Ich kenne eine Kunststudentin namens Rosie.

– London ist groß, sagt sie.

– Gehen wir, sagt er.

– Okay, sagt sie. Aber Sie müssen draußen warten. Meinem Freund würde es nicht schmekken, wenn er uns zusammen sieht.

– Ihr Freund interessiert mich nicht, Isabelle, sagt er.

– Mich auch nicht, sagt sie. Wir arbeiten nur zusammen.

– Was machen Sie jetzt so?

– Kunst, sagt sie. Er ist hübsch, aber er nervt.

– Holen Sie Ihre Sachen, sagt Alphonse. Ich warte draußen.

* * *

Charlie liegt auf dem Bett und hört die White Stripes. Sie wirft ihm das Portemonnaie zu. – Ich muß mich beeilen. Er wartet unten um die Ecke auf mich.

– Hat ers dir abgekauft?

– Wie ich gesagt hab, locker vom Hocker.

– Wie ist er?

– Okay, sagt sie, zieht einen Koffer unter dem Bett hervor und packt ihre Sachen.

– Bist du sicher, daß du mit ihm fertig wirst?

– Klar.

– Wann rufst du an?

– Wenn ich fertig bin.

Sie setzt sich auf den Koffer und zieht den Reißverschluß zu.

– Nein, sagt er, ich will wissen, wies läuft.

– Was bringt das? sagt sie.

Sie geht ins Badezimmer und schminkt sich.

– Was soll das heißen? sagt er und steht in der Tür.

Sie stopft Kosmetika in eine Tasche.

– Mach keine Dummheiten, Tash.

– Wie meinst du das?

– Du weißt genau, was ich meine, sagt er. Er beobachtet sie.

– Vergiß nicht, sagt er, das ziehen wir gemeinsam durch.

– Komm, verpiß dich, sagt sie und stößt ihn weg.

– Du sollst das nur nicht vergessen, sagt er und rührt sich nicht.

– Verzieh dich, sagt sie. Er wartet.

Er stellt sich ihr in den Weg. – Tash, sagt er.

– Verpiß dich!

– Na schön, sagt er und tritt zur Seite. Bis dann.

– Bis dann, sagt sie, nimmt Tasche und Koffer und geht zur Tür.

* * *

– Das, sagt Alphonse und tritt zurück, ist Ihr Zimmer.

– Das?

– Gefällts Ihnen nicht?

– Ich muß drüber nachdenken.

Sie geht zum Fenster und schaut auf den Baum bestandenen Platz.

– Es ist ein schönes Zimmer, Isabelle, sagt er. Schön gelegen.

– Es ist zu voll.

– Wie meinen Sie das?

– Ich bin groß, sagt Natascha. Ich brauch Platz.

– Ich mach Platz, Isabelle, echt wahr.

– Was ist das? sagt sie.

– Mein Akkordeon, sagt er.

– Sie spielen Akkordeon?

– Ja, sagt er.

– Ich dachte, das Akkordeon wäre ausgestorben.

– Alle Ungarn spielen Akkordeon, sagt Alphonse.

– Das muß hier raus, sagt sie. Und der blöde Tisch auch. Ich bin groß, ich will nicht ständig gegen Möbel stoßen.

– Wo soll ich es sonst hinstellen? sagt er. Sie sehen ja, wie klein die Wohnung ist.

– Das ist Ihr Problem, sagt sie.

– Ich kümmer mich drum, mein Herzblatt, sagt er. Echt wahr.

7

– Kann ich bitte Alphonse sprechen?
– Tut mir leid, er ist nicht zu Hause.
– Wer spricht da, bitte?
– Eine Freundin.
– Ach so …
– Kann ich ihm was ausrichten?
– Nein, ich ruf wieder an.
– Und wer hat bitte angerufen?

Ein Moment Schweigen. Dann: – Sagen Sie ihm, der Baron. Ich muß ihn dringend sprechen.

– Selbstverständlich.
– Dann Aufwiederhören.
– Wiederhören, sagt Natascha.

* * *

Als sie vom Platz in die Straße zur Untergrundbahn biegt, wird sie von hinten am Arm gepackt.

– Aua! sagt sie, dreht sich um und blickt in Charlies bleiches hübsches Gesicht.

– Was zum Teufel machst du hier?

– Was wohl? sagt er.

– Aua! sagt sie wieder, und er läßt ihren Arm los. Du tust mir weh, du Grobian!

– Tschuldigung, sagt er.

– Wie hast du mich gefunden?

– Ich bin dir gefolgt.

– Wann?

– Neulich.

– Du spionierst mir nach, du Scheißkerl.

– Du wolltest mich anrufen, sagt er. Schon vergessen?

Sie schüttelt ihren Arm. – Du tust mir weh, Arschloch.

Sie geht weiter. Er hält mit ihr Schritt. – Du wolltest mich doch anrufen, sagt er.

– Du spionierst mir nach. Ich hasse, hasse, hasse das.

– Was ist los? Warum hast du dich nicht gemeldet?

– Es gibt nichts zu berichten.

– Du hast nichts gefunden?

– Natürlich nicht. Was glaubst du, warum ich noch dort bin?

– Du hättest mir Bescheid geben können.

– Hör zu, sagt sie, wir haben das besprochen. Willst du alles kaputtmachen? Das machst du nämlich, wenn er uns zusammen erwischt.

– Was hast du ihm erzählt?
– Nichts.
– Über uns, meine ich.
– Nichts.
– Du schläfst doch nicht mit ihm, Tash?
– Das geht dich nichts an.
– Also?
– Ich sags gern noch mal: Das geht dich nichts an.
– Das kannst du mir nicht antun, Tash!
– Verpiß dich. Werd nicht komisch.
– Hast du?
– Werd nicht komisch, Charlie, sagt sie.
– Ich muß das wissen, sagt er.
– Nichts ist passiert.
– Du hättest mich anrufen können.
– Wozu?
– Du hast gesagt, du rufst an.
– Ich hab gesagt, ich ruf an, wenn ich dich brauche.
– Sobald du was herausgefunden hast.
– Aber ich hab bisher nichts herausgefunden.
– Er hats bestimmt schon zur Bank gebracht.
– Nein, er hat mir den Trick gezeigt.
– Den mit den Geldscheinen?
– Mmm.
– Also hat ers irgendwo versteckt.
– Kluger Junge, sagt sie.

– Ist ja keine Riesenwohnung, sagt er. Kann ja nicht ewig dauern, das zu finden.

– Hör zu, du machst noch alles kaputt, wenn der uns hier sieht.

– Ohne den Bart erkennt der mich nicht.

– Darum geht es nicht. Wir haben einen Plan. Warum hältst du dich verdammt noch mal nicht daran? Warum mußt du mir nachlaufen und hinterher spionieren?

– Der Plan sieht aber auch vor, daß wir in Verbindung bleiben. Du solltest mir berichten, wie es läuft. Wir ziehen das zusammen durch, Tash, schon vergessen?

– Glaubst du, ich hau mit der Kohle ab?

– Ich sag nur, du sollst mich auf dem laufenden halten. Ich hab keine Ahnung, was zum Teufel hier vorgeht.

– Warum läufst du mir nach? So war das nicht abgemacht.

– Schwör, daß du nicht mit ihm schläfst?

– Das ist meine Sache.

– Meine auch.

– Wie kommst du denn darauf?

– Etwa nicht?

– Nicht mehr, sagt sie.

– Wieso nicht?

– Weil du mir nachspionierst, deswegen.

– Also doch.

– Was?
– Du schläfst mit ihm.
– Aber klar doch.
– Ich glaub dir kein Wort.
– Warum fragst du dann?

Sie beschleunigt ihre Schritte. Er faßt sie wieder am Arm. Sie reißt sich los.

– Ist das alles, was du zu sagen hast?

– Los, verpiß dich, sagt sie.

– Okay, sagt er, okay. Aber du meldest dich, sobald du was Konkretes herausgefunden hast?

– Nicht, wenn du mir nachspionierst. Das verzeih ich dir nie.

– *Force majeure*, sagt er und versucht, locker zu klingen. *Force majeure*.

Aber sie ist schon um die Ecke verschwunden.

* * *

Er findet Rosie im Hinterzimmer des Restaurants mit dem Rest der Familie.

– Kommst du mit ins Kino? fragt er nach der Begrüßung.

– Klar, sagt sie. Warum nicht?

– Du wolltest mit uns essen, sagt ihre Mutter. Warum bleibst du nicht auch, Charlie?

– Führe mich nicht in Versuchung, Patrizia.

– Warum nicht? Versuchung ist immer gut.

– Nicht für meine Figur.

– Figur? sagt sie. Figur? In deinem Alter muß man sich nicht um seine Figur kümmern.

– Ich übe schon mal für später.

– Wie läuft die Filmerei, Charlie? fragt Lino.

– Das sind keine Filme, Lino.

– Du weißt, was ich meine, Charlie.

– Klar.

– Eines Tages mußt du mir mal deine Filme zeigen. Ich möchte den sehen, den du von der Tür gemacht hast.

– Er hat nicht funktioniert.

– Wie meinst du das, er hat nicht funktioniert?

– Er hat mir nicht gefallen.

– Wie sollte er auch? sagt Lino. Eine Kamera filmt eine ganze Woche eine Tür, wie soll einem sowas gefallen? Sind die Leute nicht gut genug für dich?

– Welche Leute?

– Die Leute, die ein und aus gehen.

– Vielleicht, sagt Charlie.

– Das verstehst du nicht, Papa, sagt Rosie.

– Und warum? Weil ich nicht klug genug bin? Weil ich nicht Kunst studiert habe?

– Genau, Lino, sagt Charlie.

– Das versteht also nur, wer Kunst studiert hat? Ist es das, was du mir sagen willst, Charlie?

– Er nimmt dich auf den Arm, Papa, sagt Rosie.

– Hat einfach nicht geklappt, Lino, sagt Charlie. Das ist alles.

– Charlie hat bald eine eigene Ausstellung, Papa, sagt Rosie. Stimmts, Charlie?

– Mmm, sagt Charlie.

– Schick mir eine Einladung, sagt Lino. Ich liebe Filme.

– Ich mach keine Filme.

– Ich weiß, ich weiß. Du verstehst schon.

– Klar schick ich dir eine Einladung, Lino, sagt Charlie. Aber jetzt müssen wir los.

8

– Kann ich bitte Alphonse sprechen?
– Tut mir leid, er ist nicht zu Hause.
– Wer spricht da bitte?
– Eine Freundin.
– Wohnen Sie da?
– Wie bitte?
– Soviel ich weiß, lebt Alphonse allein.
– Ja, sagt Natascha. Er lebt allein.
– Spreche ich mit der Putzfrau?
– Nein, sagt Natascha. Mit einer Freundin.
– *Der* Freundin?
– Was meinen Sie mit *der* Freundin?

Schweigen am anderen Ende der Leitung. Dann sagt der Baron:

– Wären Sie so freundlich, ihm auszurichten, daß der Baron angerufen hat? Es ist dringend. Sagen Sie ihm, es ist dringend. Sagen Sie ihm bitte, er soll sein Handy einschalten. Sagen Sie ihm, er soll mich umgehend zurückrufen.

– Das alles?
– Nein, nur den letzten Satz.
– Null Problemo, sagt Natascha.

– Wie bitte?

– Ich richte es ihm aus.

– Danke. Wiederhören.

Sie legt den Hörer auf und macht sich wieder an die Arbeit.

Das Telefon klingelt wieder.

– Ich habs mir noch mal überlegt, sagt der Baron, er soll mich lieber doch nicht anrufen. Können Sie mir sagen, wann er zurückkommt?

– Keine Ahnung, sagt Natascha.

– Sagen Sie ihm bitte, ich rufe ihn morgen vor neun an.

– Er schläft bis neun, sagt Natascha.

– Schön, sagt der Baron, dann weck ich ihn.

9

Elsbeth, in einem schicken braunen Wollkleid mit passender brauner Haarschleife, lädt Alphonse zum Lunch in eines ihrer Lieblingsrestaurants ein, das Torquato Tasso in Covent Garden.

– Die Zeit ist reif, sagt Alphonse.

– Das will ich aber stark hoffen, sagt Elsbeth. Ich habe Ihnen eine Stange Geld gegeben, damit Sie einen bestimmten Auftrag für mich erledigen, und alles was Sie bisher getan haben, ist, auf meine Kosten gut zu tafeln und Süßholz zu raspeln.

– Das ist nicht fair, Elsbeth, sagt Alphonse. Echt nicht. Erstens geht das Essen nicht auf Ihre Kosten, zweitens haben Sie mich selbst zum Lunch eingeladen, und drittens bin ich nur höflich.

– Jetzt geht das wieder los, sagt Elsbeth, zündet sich eine Zigarette an der letzten an und zerdrückt die Kippe im überquellenden Aschenbecher.

Ein Kellner erscheint aus dem Nichts, wechselt geschickt die Aschenbecher und verschwindet wieder.

– Ich möchte, daß Sie mich ihnen vorstellen, sagt Alphonse und lächelt sie über den Tisch an.

– Wem?

– Ihnen.

– Wem?

– Ihnen.

– Sind Sie verrückt?

Alphonse, die Serviette unterm Kinn, den grauen Bart sorgfältig gestutzt, verputzt seine Nudeln. – Nur sehr wenige, sagt er, kriegen schlichte *Spaghetti neapolitana* perfekt hin. Die einen geben sich zu viel, die anderen zu wenig Mühe. Nur ein erstklassiger Koch kriegt sie perfekt hin, und wenn sie nicht perfekt sind, sind sie völlig daneben. Wie bei den Klavierstücken von Anton Webern.

– Sind Sie verrückt? sagt sie noch mal.

– Wieso verrückt?

– In solchen Fällen, sagt sie, sollte doch wohl so wenig Verbindung wie möglich bestehen zwischen dem ... und dem ...

– Elsbeth, Elsbeth, sagt er, Sie haben zu viele Krimis gelesen. Echt wahr.

– Aber das ist doch klar, sagt sie. Je weniger Verbindung zwischen uns beiden und zwischen Ihnen und denen, desto weniger können sie einem von uns was nachweisen.

– Und warum treffen wir uns dann hier zum

Lunch, Elsbeth? sagt Alphonse. Und warum haben wir uns letzte Woche getroffen und die Woche davor und die Woche davor?

– Ich wußte, das ist Wahnsinn, sagt sie. Aber ich mußte Sie sehen. Ich muß wissen, was los ist. Ach, Alphonse, sagt sie, ich hab so Angst und bin so durcheinander.

– Das ist kein Wahnsinn, sagt Alphonse, streckt seinen Arm über das gestärkte weiße Tischtuch und legt seine Hand auf ihre. Sie sind immer gleich so melodramatisch, Elsbeth. Sie haben mir einen Job aufgetragen. Hätten Sie das getan, wenn Sie mir das nicht zutrauen würden? Hätte ich angenommen, wenn ich mir das nicht zutrauen würde?

– Ich hab Sie angeheuert, weil Felix Sie empfohlen hat, sagt sie.

– Und hätte Felix mich empfohlen, wenn er mir den Job nicht zutrauen würde?

– Ich hab ihm gesagt, ich habe einen Freund, der jemanden sucht, der gewissen Leuten Angst machen kann. Ich habe nicht gesagt, daß ich es selbst bin und daß Angst machen Umbringen heißt.

– Schschschschsch, sagt er. Schschschschsch. Wir wissen alle, was Angst machen heißt, Elsbeth. Echt wahr.

– Alphonse, sagt sie. Es muß was passieren.

Das Baby kann jeden Moment kommen, und dann ist es zu spät. Sie kennen sie nicht, sagt sie, wie sie mich *demütigen*, wie sie über mich *feixen*. Sie wissen, wenn der Baron stirbt, bin ich *bettelarm*, Alphonse, *bettelarm*. Können Sie sich das überhaupt vorstellen, was das heißt? Haben Sie irgendeine ...?

– Elsbeth, Elsbeth, sagt er, Sie steigern sich da in was rein. Wir haben genug Zeit. Genug Zeit. Und wenn ich meinen kleinen Plan durchziehe, sagt er, bleibt nichts, was uns beide in Verbindung bringen könnte. Sie müssen echt keine Angst haben, Elsbeth. Aber es wäre wirklich hilfreich, wenn ich das Haus von innen sehen könnte. Ich muß einen Eindruck bekommen, wer diese Leute sind und wie sie leben.

– Das gefällt mir nicht, sagt sie und zündet sich die nächste Zigarette an.

– Gibts da was zu gefallen?

– Ach, Alphonse, sagt sie, ich hab so Angst, was soll aus mir werden?

– Elsbeth, sagt er, jetzt machen Sie sich mal keine Sorgen. Sie bezahlen mich, damit Sie sich keine Sorgen machen müssen, warum versuchen Sie meinen Job zu machen?

– Müssen Sie die wirklich kennen lernen? fragt sie.

– Echt wahr, sagt er.

– Macht es die Sache nicht leichter, wenn man nichts von den Leuten weiß, die …

– Elsbeth, sagt Alphonse und berührt ihren Arm. Elsbeth.

– Muß das wirklich sein? sagt sie.

– Echt wahr, sagt er.

Sie denkt nach. – Vielleicht kann ich was arrangieren, sagt sie. Mögen Sie Kunst, Alphonse?

– Ich? sagt Alphonse. Ich bin selber Künstler. Das scheinen Sie manchmal zu vergessen.

– Ich meine Malerei.

– Alle Kunst entspringt einer Quelle, Elsbeth. Am Plattensee, wo ich aufgewachsen bin, da gab es keine Kunst an den Wänden, keine Galerien, keine Statuen in den Parks, keine Kunstvereine, keine Künstlerwohnungen, keine Literaturlesungen und Kunstpreise. Wir alle waren Künstler. Die Frauen, die Körbe flochten, die Männer, die ihre Felder bestellten, die Kinder, die Spiele spielten. Mein Vater, sagt er, war ein wunderbarer Mann. Ein ungebildeter Bauer, vielleicht, aber er konnte aus einem Stück Holz, dem Ast eines Baumes Figuren schnitzen, die lebendiger wirkten als man selbst. Meine Mutter …

– Ich dachte, Ihr Vater war Banker? sagt sie.

– Später, sagt er. Später wurde er Banker. Echt wahr.

– Giles ist so was wie ein Sammler. Er hat

kürzlich einen Braque erworben. Er hat vier Millionen dafür hingelegt. Ist das zu glauben? Vier Millionen. Davon könnte ich den Rest meines Lebens leben und zur Hölle mit dem Baron.

– Braque ist einer meiner Lieblingsmaler, sagt Alphonse. Zusammen angeseilt an der Steilwand des Parnaß.

– Was?

– Das soll Picasso über die gemeinsame Arbeit mit Braque zur Zeit des Kubismus gesagt haben. Wir waren zwei Bergsteiger, zusammen angeseilt an der Steilwand des Parnaß.

– Das hat er gesagt?

– Elsbeth, sagt Alphonse, ich bring einen Freund mit.

– Einen Freund?

– Eine Freundin, genauer gesagt. Es sieht einfach besser aus, wenn eine Frau dabei ist.

– Ja?

– Echt wahr, Elsbeth.

– Dann bringen Sie sie unbedingt mit.

– Sie ist selbst Künstlerin.

– Wirklich?

– Braque ist für sie natürlich ein alter Hut.

– Alter Hut?

– Vorsintflutlich, sagt Alphonse. Ein Dinosaurier.

– Vorsintflutlich? sagt Elsbeth. Dinosaurier? Wovon reden Sie, Alphonse?

– Die Kunst entwickelt sich, Elsbeth, sagt Alphonse. Sie ist ständig in Bewegung. Wie die Rolltreppe in der U-Bahn. Meine Freundin ist das Heute, und Braque? Das Gestern? Das Vorgestern vielleicht? Aber natürlich ein wunderbarer Maler. Wie gesagt, einer meiner Lieblingsmaler.

Der Kellner erscheint mit dem Hauptgang.

10

– Kann ich bitte Alphonse sprechen?

– Am Apparat.

– Alphonse! Wo zum Kuckuck haben Sie gesteckt? Ihr Handy scheint immer ausgeschaltet zu sein, und Sie haben kein einziges Mal zurückgerufen. Was soll das bedeuten?

– Spricht da der Baron?

– Selbstverständlich spricht da der Baron. Was soll das bedeuten?

– Was soll was bedeuten?

– Dieses Schweigen, Mann, dieses Schweigen.

– Ich dachte, wir hätten abgemacht, daß Sie mich anrufen, Baron.

– Genau das habe ich die ganze letzte Woche versucht, Alphonse, haben Sie meine Nachrichten nicht erhalten?

– Natürlich, Baron, natürlich.

– Und?

– Was und, Baron?

– Alphonse, wer ist die Frau, die bei Ihnen ans Telefon geht.

– Eine Freundin.

– Wohnt sie bei Ihnen?

– Vorübergehend.

– Hat sie Ihnen nicht ausgerichtet, daß ich um Rückruf gebeten hatte?

– Aber, Baron, unsere Abmachung war, daß Sie mich anrufen, nicht ich Sie. Sie haben das sehr deutlich gemacht.

– Aber ich kann Sie nie erreichen, Mann!

Schweigen am anderen Ende.

– Für mich sieht es so aus, sagt der Baron, als hätten Sie sich mit dem Geld aus dem Staub gemacht.

– Aus dem Staub, Baron?

– Sie wissen, was ich meine.

– Bitte, Baron, sagt Alphonse. Hat Felix mich nicht empfohlen? Hätte er einen empfohlen, der einfach die Fliege macht?

– Hören Sie, Alphonse, ich möchte, daß Sie mich in Zukunft zurückrufen, wenn ich darum bitte.

– Jawohl, Baron. Und was ist mit der Dame?

– Welcher Dame?

– Sie wollten seinerzeit nicht zu Hause angerufen werden, da hab ich natürlich angenommen, daß ...

– Alphonse, sagt der Baron, lassen Sie mich das ein für alle Mal klarstellen. Wenn ich eine Nachricht hinterlasse und um Rückruf bitte, wünsche ich, daß Sie anrufen. Haben wir uns verstanden?

– Verstanden, Baron.

– Ich wollte wissen, wie Sie vorankommen, sagt der Baron.

– Baron, sagt Alphonse. Ihnen ist sicher klar, daß Sie nicht mein einziger Auftraggeber sind.

– Völlig klar, Alphonse. Ich wäre in der Tat beunruhigt, wenn dem so wäre. Dennoch bin ich einer Ihrer Auftraggeber. Ich habe Ihnen einen Vorschuß gegeben, einen beträchtlichen Vorschuß. Ich brauche Ergebnisse.

– Überlassen Sie das nur mir, Baron, sagt Alphonse. Überlassen Sie das nur mir.

– Ich hab es Ihnen überlassen, sagt der Baron.

– So soll es auch bleiben, sagt Alphonse.

– Diese Freundin, sagt der Baron. Ist sie sicher?

– Sicher, Baron?

– Ich meine, können Sie ihr trauen? Ist das in Ordnung, wenn ich ihr sage, wer ich bin?

– Vollkommen, Baron, sie ist an diesen Dingen überhaupt nicht interessiert.

– Und wann, glauben Sie, haben Sie mir etwas mitzuteilen, Alphonse?

– So etwas braucht Zeit, sagt Alphonse. Wie ich bereits versucht habe, Ihnen zu erklären. Zuallererst …

– Ersparen Sie mir die Einzelheiten, sagt der Baron. Wieviel Zeit?

– Ich dachte, Sie hätten es nicht besonders eilig, Baron? Ich dachte, Sie wollen Ergebnisse. Konkrete Ergebnisse.

– Genau, Alphonse. Aber ich habe Ihnen auch erklärt, daß...

– Sie bekommen Ihre Ergebnisse, so bald wie möglich, sagt Alphonse.

– Wann ist bald?

– Bitte, Baron, sagt Alphonse, machen Sies mir nicht so schwer. Versetzen Sie sich in meine Lage. Ich muß ein vollständiges Profil erstellen. Das ist keine Kleinigkeit.

– Ich brauche ihr Profil nicht, Alphonse, sagt der Baron. Ich hab mehr als genug von ihrem Profil. Ich will Tatsachen.

– Aber was sind Tatsachen, Baron? Leere Hülsen, glauben Sie mir. Ohne Zusammenhang sind sie nichts wert. Was wir brauchen, ist ein Profil, das uns Aufschluß über die Zusammenhänge gibt. Wenn ich das Profil erstellt habe, Baron, ist der Rest ein Klacks.

– Ich weiß nicht, wovon Sie sprechen, Alphonse, sagt der Baron. Ich will wissen, ob Sie schon etwas herausgefunden haben.

– Und Sie, Baron?

– Ich?

– Ist Ihnen eine Veränderung in ihrem Verhalten aufgefallen?

– Ich kann ihr Tagebuch nicht mehr finden, sagt der Baron. Ich glaube, sie schöpft Verdacht. Ich hoffe, Sie sind diskret, Alphonse.

– Mein lieber Baron, sagt Alphonse. Ich glaube nicht, daß Sie mich belehren sollten, wie ich meinen Job zu machen habe, echt nicht, so wenig wie ich mir erlauben würde, Ihnen zu sagen, wie Sie Ihren Job zu machen haben. Ich muß jetzt los, Baron. Es war reizend, mit Ihnen zu plaudern, und sobald ich Ihnen irgend etwas zu berichten habe, lasse ich es Sie natürlich sofort wissen. Sie können mich jederzeit, Tag und Nacht, anrufen, ich stehe stets zu Ihrer Verfügung, Baron.

– Verdammt, sagt der Baron, als die Leitung unterbrochen wird.

11

Rosie und Natascha in einem Café an der King's Road.

– Charlie, dieser Arsch, sagt Natascha, läßt mich nicht in Ruhe.

– Er fühlt sich von dir verletzt, sagt Rosie.

– So ein Arsch, sagt Natascha.

– Er hat mir gesagt, du bist ausgezogen.

– Er spioniert mir nach, sagt Natascha. Der ist mir bis nach Kennington gefolgt. Er hält seine verdammte Video-Kamera auf mich, und ich ahn nicht mal, daß er da ist.

– Vielleicht solltet ihr euch mal ein Weilchen trennen.

– Da hast du verdammt recht.

– Er glaubt, du liebst ihn nicht mehr.

– Tu ich auch nicht.

– Er glaubt, du hast was mit einem anderen angefangen.

– So ein Arsch, sagt Natascha.

– Hast du?

– Was?

– Was mit einem anderen angefangen?

– Natürlich nicht.

– Er sagt, du bist bei diesem Alphonse eingezogen.

– Das ist rein geschäftlich, sagt Natascha.

– Er glaubt, es sei mehr.

– Er kann glauben, was er will. Er ist ein Arsch.

– Soll ich ihm irgendwas ausrichten? sagt Rosie. Ich seh ihn heute Abend.

– Nein, sagt Natascha. Nur rede nicht mit ihm über mich, klar?

– Ich wills versuchen. Aber er redet über kaum etwas anderes.

– Sag ihm, er soll mich in Ruhe lassen, sagt Natascha. Sag ihm, er soll mich mit seiner verdammten Kamera in Ruhe lassen.

– Die Kamera ist sein Leben, sagt Rosie.

– Sag ihm, er soll sein Leben woanders leben.

– Ich wills versuchen, sagt Rosie.

12

Elsbeth, in eng anliegendem schwarzen Kleid, Baskenmütze aus schwarzem Samt und mit knallroten Fingernägeln und Lippen, steigt in die große Limousine. Felix schließt die Tür hinter ihr und geht um den Wagen zum Fahrersitz.

– Zu Mr. Giles, sagt Elsbeth.

– Sehr wohl, Madam.

– Bitte fahren Sie zuerst zur U-Bahn-Station South Kensington, Felix, da steigen noch ein paar Freunde zu.

Sie wickelt ein Bonbon aus und steckt es in den Mund, denn der Baron hat ihr verboten, im Wagen zu rauchen. Sie schließt die Augen und döst, während der Wagen von Highgate nach South Kensington saust.

An der Station wartet Alphonse am Bordstein, hochelegant im schwarzen Mantel und Homburg, neben ihm Natascha, die einen breiten rosa Schal um die Schultern geschlungen hat.

– Meine Freundin, die Malerin, sagt Alphonse, als Elsbeth die Scheibe hinunterläßt.

– Isabelle, sagt er, Elsbeth.

– Setzen Sie sich neben Felix, sagt Elsbeth zu ihm. Ihre Freundin kann sich zu mir nach hinten setzen.

– Alphonse konnte mir nicht genau erklären, welcher Art Ihre Beziehung zu ihm ist, sagt sie zu Natascha, während der Wagen durch die mit Bäumen gesäumte Straße gleitet.

– Wir haben keine Beziehung, sagt Natascha.

– Ich meinte, sagt Elsbeth, also, ich weiß nicht genau, was ich gemeint habe, aber das habe ich nicht gemeint.

– Isabelle berät mich in Kunstfragen, sagt Alphonse nach hinten gewandt.

– Isabelle kann sicher für sich selbst sprechen, sagt Elsbeth, nicht wahr, meine Liebe?

– Selbstverständlich, sagt Natascha.

– Erzählen Sie etwas über sich, sagt Elsbeth. Ich höre gern etwas über das Leben anderer Leute.

– Wo soll ich anfangen? fragt Natascha.

– Na, na, sagt Elsbeth.

Felix hat seinen Blick auf die Straße und den Rückspiegel gerichtet. Alphonse neben ihm rutscht hin und her.

– Warum erzählen Sie mir nicht, was Sie so machen? sagt Elsbeth.

– Ich bin Kunststudentin.

– Und welche Kunst studieren Sie?

– Ich studiere sie nicht. Ich mache sie.

– Und was für eine Art von Kunst machen Sie?

– Alle Arten, sagt Natascha.

– Ihre Arbeiten, sagt Alphonse und wendet sich wieder nach hinten, sind hauptsächlich raumgreifend.

– Was heißt das? fragt Elsbeth.

– Er weiß nicht, wovon er spricht, sagt Natascha.

– Dann erklären Sie es mir doch.

– Ich mag jetzt nicht.

– Oh, sagt Elsbeth und als die anderen schweigen: – Was ist zum Beispiel Ihr derzeitiges Projekt?

– Morgen, sagt Natascha, wenn mir danach ist, mach ich vielleicht ein Papiermaché-Modell von diesem Wagen mit uns allen darin, wie wir hier gerade sitzen.

– Du meine Güte, sagt Elsbeth. Wirklich?

– Nur ein Scherz, sagt Natascha.

– Ich glaube, den hab ich nicht verstanden, sagt Elsbeth.

– Macht nichts.

– Wollen Sie ihn mir nicht erklären?

– Wenn man einen Scherz erklärt, ist es keiner mehr.

– Auch nicht einem Dummchen wie mir?

Felix hält am Bordstein. – Da wären wir, Madam.

– Ich weiß nicht, wie lange es dauert, sagt Elsbeth zu ihm. Könnten Sie in einer Stunde wieder hier sein?

– Sehr wohl, Madam.

– Ich brauche erst eine Zigarette, bevor wir reingehen, sagt Elsbeth und zündet sich auf dem Gehsteig eine an. Im Wagen darf ich nicht rauchen, bei Giles darf ich nicht rauchen. Zeit für eine Revolution. Raucher aller Länder, vereinigt euch!

Felix fädelt den Wagen wieder in den Verkehr ein. Alphonse hustet und schaut ihm nach.

– Also dann, sagt Elsbeth und wirft die Kippe in den Rinnstein. Gehen wir.

Sie folgen ihr durch das Tor und ein paar Stufen hoch zu einer vornehmen Haustür ganz in Blau. Sie klingelt, und sie warten.

Eine blasse Schönheit, hochschwanger, öffnet die Tür.

– Schätzchen, sagt Elsbeth.

Sie umarmen sich.

– Helene, sagt Elsbeth, meine Stief-Schwiegertochter, erklärt sie. Isabelle, eine Künstlerin. Und Alphonse.

– Kommt rein, sagt die Schönheit mit überraschend heiserer Stimme.

– Was ist mit deiner Stimme passiert? fragt Elsbeth.

– Immer noch diese Erkältung, sagt Helene.

Ein fast kahler Mann mittleren Alters, herausgeputzt mit Nadelsteifenanzug und rosa-gestreiftem Hemd, erscheint am Treppenabsatz über ihnen.

– Elsbeth, ruft ihm Helene zu. Und ihre Freunde.

Er kommt die Treppe herunter und breitet die Arme mit jeder Stufe weiter aus.

Er umarmt Elsbeth. – Elsbeth, sagt er.

– Isabelle, eine Künstlerin, sagt Elsbeth. Und Alphonse. Giles, mein Stiefsohn.

Er streckt eine weiche Hand aus, die nach Seife riecht. – Guten Tag, Isabelle. Guten Tag, Alphonse.

– Ich mach Kaffee, sagt Helene.

Giles führt sie in den Salon voller Bücher, Bilder, Nippes, Porzellan-Schäferinnen und mit einem tiefschwarzen glänzenden Stutzflügel.

Natascha geht zur Flügeltür und schaut auf den kleinen baumbestandenen Garten hinaus.

– David kommt auch, sagt Giles zu seiner Stiefmutter.

– David?

– Hat er dir nichts gesagt?

– Er kommt hierher? Jetzt?

– Hat er dir nichts gesagt?

– Er sagt mir nie etwas, sagt Elsbeth.

– Er kommt von sich aus. Er ist sowieso in der Gegend.

– Seltsam, sagt Elsbeth. Ich sehe ihn nicht zum Frühstück. Ich sehe ihn nicht zum Lunch. Ich sehe ihn nicht zum Dinner. Ich sehe ihn überhaupt nicht mehr, kaum bin ich in einem fremden Haus zu Besuch, höre ich, er hat sich angesagt.

– Wohl kaum ein fremdes Haus, sagt Giles lächelnd.

– Werd nicht pingelig, sagt sie.

Helene kommt mit Kaffee und Kuchen auf einem silbernen Tablett herein.

– Wann hat er dir gesagt, daß er kommt? fragt Elsbeth ihren Stiefsohn.

– Wann hat David angerufen, Liebling? fragt Giles.

– Zucker? sagt Helene zu Natascha.

– Alles, sagt Natascha vom Fenster her. Ich habe den Kater auf dem Baum beobachtet, fügt sie hinzu.

– Er gehört den Nachbarn. Er hat die unangenehme Angewohnheit, einem auf die Schulter zu springen, wenn man am wenigsten damit rechnet.

– Hey, sagt Natascha.

– Nehmen Sie zwei, sagt Helene, als Natascha ein *Petit four* nimmt.

– Wird sie langsam taub? fragt Elsbeth ihren Stiefsohn.

– Ein wenig, sagt er und tritt zur Seite.

– Wer soll kommen? sagt Alphonse und tritt vor Elsbeth.

– Der Baron.

– Der Baron?

– Er will Sie nur anschauen, sagt Elsbeth. Er ist eifersüchtig auf meine Freunde.

– Ich kann nicht bleiben, sagt Alphonse. Echt nicht.

– Seien Sie nicht albern, sagt Elsbeth. Wir sind doch gerade erst angekommen. Überhaupt war das Ihre Idee, hier herzukommen. Ich war dagegen.

– Das ist höchst peinlich, sagt Alphonse. Echt wahr.

– Er kann sehr charmant sein, wenn er will, sagt Elsbeth.

– Begreifen Sie nicht, in welche Lage mich das bringt? sagt Alphonse.

– Wie nehmen Sie Ihren Kaffee? fragt Helene Alphonse.

– Schwarz, bitte.

– Giles, sagt Elsbeth, wir hätten furchtbar gern kurz einen Blick auf das Bild geworfen. Soviel ich weiß, hat Alphonse noch einige Termine.

– Welches denn?

– Na, den Braque natürlich, sagt Elsbeth, die anderen kenne ich.

– Aber deine Freunde nicht, sagt Giles und

lächelt dabei Natascha an, die vom Fenster zu ihnen kommt.

– Den Braque, sagt Alphonse.

– Und Sie? sagt Giles zu Natascha.

– Ich möchte alles sehen, sagt Natascha.

– Wirklich? sagt Giles und schaut in ihre großen blauen Augen.

– Wir können mit dem Braque anfangen, sagt Elsbeth. Alphonse muß wirklich los.

– Ja, genau, sagt Natascha, blickt ihn an und zieht den rosa Schal fester um sich.

– Los, sagt Elsbeth und stellt ihre Kaffeetasse ab. Ich kann es kaum erwarten.

Sie marschieren hinter Giles in sein Arbeitszimmer. Die Vorhänge sind zugezogen, und sie drängen sich in der Tür und blicken ins Dunkle. Giles fummelt an den Schaltern, und der Raum erhellt sich allmählich. Ein Scheinwerfer ist auf eine große Leinwand hinter dem Schreibtisch gerichtet.

– Es war mitten im Krieg, sagt Giles und geht darauf zu. Alle in Paris waren am Verhungern. Künstler malen, was sie beschäftigt. Braque beschäftigten Brot und Schinken, und so malte er das.

Sie stehen vor dem Schreibtisch und betrachten das Bild.

– Was halten Sie davon? fragt Giles Natascha, die neben ihm steht und den Schal fester um sich zieht.

– Ich hab gerade erst einen Blick darauf geworfen, sagt sie.

– Ich finde, sagt Giles, es ist ein ungeheuer friedliches Bild.

Alphonse, nachdem er durch die Wohnung geschlendert ist und alle Gegenstände darin einer Prüfung unterzogen hat, steht jetzt am Fenster, lüftet den Vorhang an einer Ecke und schaut hinaus.

– Finden Sie nicht? sagt Giles zu Natascha.

– Ich weiß nicht. Ich habe gerade erst einen Blick darauf geworfen.

Elsbeth tritt zu Alphonse ans Fenster. – Und? sagt sie.

– Entzückend, sagt Alphonse. Ganz entzückend. Aber sollten wir nicht doch allmählich daran denken, unseren Abgang zu machen?

– Wir haben Zeit, sagt Elsbeth.

– Ich habe alles gesehen, was ich sehen wollte, sagt Alphonse.

– Würden Sie sich gern noch ein paar andere Bilder ansehen? fragt Giles Natascha.

– Ich bin mit dem noch nicht fertig.

– Selbstverständlich.

Alphonse holt ein Taschenmesser hervor, öffnet es und fährt mit der Klinge zwischen Fenster und Fensterbank.

– Was tun Sie da? sagt Elsbeth zu ihm. Stecken

Sie das weg! Was um Himmels willen denken Sie sich dabei?

– Regen Sie sich ab, Elsbeth, sagt Alphonse, klappt das Messer zu und steckt es wieder in die Tasche. Regen Sie sich bitte ab.

– Ich kann nicht richtig kucken, wenn Sie so neben mir stehen, sagt Natascha zu Giles. Sie lenken mich ab.

– Ich geh ja schon.

– Nein, nein. Ich komm später noch mal. Zeigen Sie mir Ihre anderen Bilder.

– Interessiert Sie Beuys? fragt er, als sie die Treppe hinauf gehen. Oder Polke?

Man hört die Türklingel und Geräusche in der Halle, die Tür wird geöffnet und Begrüßungslaute dringen nach oben.

– Das wird der Baron sein, sagt Elsbeth zu Alphonse. Wir sollten ihn begrüßen.

– Gleich, sagt Alphonse. Ich hätte gern noch mal einen Blick auf das Bild geworfen. Echt wahr. Er faßt sie am Arm. – Nicht vergessen, Sie wissen nicht, daß ich ihn kenne.

– Ich freu mich schon auf sein Gesicht, sagt sie.

– Ich habe einige frühe Richter, sagt Giles, während er Natascha in sein oberes Arbeitszimmer führt. Und ein oder zwei Kounellis.

– Zeigen Sie mir zuerst das Klo, sagt Natascha.

Unten in der Halle zieht der Baron gerade seinen Mantel aus, als seine Frau aus dem Arbeitszimmer tritt.

– Sieh an, sieh an, sagt er. Welch angenehme Überraschung.

– Wir wollten uns den Braque ansehen, sagt Elsbeth.

– Wir?

– Ich hab ein paar Freunde mitgebracht.

– Hat mir Giles schon erzählt. Kenn ich die?

– Ich glaube nicht.

– Und wo sind sie? fragt der Baron.

– Einer schaut sich noch den Braque an. Seine Freundin ist oben bei Giles und schaut sich seine Sammlung an.

Alphonse steht in der Tür zum Arbeitszimmer. Der Baron starrt ihn an. Alphonse nähert sich verbissen mit ausgestreckter Hand.

– Alphonse, sagt er.

– Alphonse wie?

– Nur Alphonse.

– Sehr erfreut, Sie zu kennenzulernen, sagt der Baron und übersieht die Hand.

– Alphonse war früher Clown, sagt Elsbeth.

– Wirklich? sagt der Baron. Ein Clown?

– Ein ehrenwerter Beruf, sagt Alphonse.

– Zweifellos, sagt der Baron. Zweifellos. Und jetzt?

– Banjo, sagt Elsbeth. Sein Clownsname war Banjo.

– Banjo? Nicht Alphonse?

Sie gehen ins Wohnzimmer.

– Alle Clowns haben einen Namen, sagt Elsbeth. Einen Clownsnamen. Für die Plakate. Die Kinder.

– Und jetzt? sagt der Baron, machen Sie was?

– Dies und das, sagt Alphonse.

– Aha, sagt der Baron. Verstehe.

– Sie wissen ja, wie das ist, sagt Alphonse.

– In der Tat, sagt der Baron. In der Tat.

Giles geleitet die große, in ihrem rosa Schal leuchtende Natascha herein.

– Isabelle, sagt Elsbeth, darf ich Ihnen meinen Mann vorstellen.

– Isabelle, sagt der Baron. Was für ein schöner Name.

Natascha lächelt ihn an und zieht dabei den rosa Schal fester um sich.

– Kommen Sie, setzen Sie sich neben mich, sagt der Baron und macht auf dem Sofa Platz.

– Isabelle ist Malerin, sagt Elsbeth. Und Bildhauerin. Sie macht Dinge aus Papiermaché. Autos und andere Dinge.

– Wirklich? sagt der Baron. Wie interessant.

– Wieso ist das interessant? fragt Natascha und setzt sich neben ihn.

– Das sagt man so, meine Liebe, sagt der Baron.

– Nennen Sie mich nicht meine Liebe, sagt Natascha.

– Entschuldigung, sagt er.

– Ich hasse das.

– Wissen Sie, Ihre Stimme kommt mir irgendwie bekannt vor.

– Vielleicht haben Sie die im Traum gehört, sagt sie.

– Ja, sagt der Baron und starrt sie an. Ja, vielleicht.

– Was hast du mit dem Zimmer gemacht? fragt Elsbeth ihre Stief-Schwiegertochter.

– Wir haben es neu gestrichen.

– Das sehe ich. Aber warum gerade dieses Grün?

– Wir dachten, es paßt zu dem Zimmer, sagt Helene.

– Wirklich?

– Ja, sagt Helene. Ich finde es ziemlich gelungen.

– Wirklich?

– Was hat sie eigentlich damit gemeint? fragt der Baron Natascha. Autos aus Papiermaché?

– Keine Ahnung, sagt Natascha.

– Aber Sie sind Bildhauerin?

– Ich bin Kunststudentin.

– Aber Sie wollen Bildhauerin werden?

– Ich male, sagt sie.

– Wie interessant.

– Verdammt langweilig meistens.

– Warum machen Sie es dann?

– Ich weiß nicht.

– Wie seltsam, sagt der Baron.

– Wahrscheinlich weil es das einzige ist, was ich wirklich gut kann, sagt Natascha.

– Ich bin sicher, Sie können noch viel mehr.

– Ich kann gut tanzen.

– Ich auch, sagt der Baron. Obwohl ich eine Ewigkeit nicht mehr getanzt habe.

– Mein Mann, sagt Elsbeth und stellt sich vor sie, vergißt manchmal sein Alter.

– Alter hat nichts damit zu tun, sagt der Baron. Er lächelt Natascha an und streicht eine weiße Locke aus der Stirn.

– Wie ich höre, sind Sie in Ungarn aufgewachsen, sagt Giles zu Alphonse.

– Eine schlimme Zeit, sagt Alphonse. Ich möchte nicht darüber sprechen.

– Wieso schlimm?

– Der Krieg … sagt Alphonse.

– Natürlich, sagt Giles.

– Deswegen bin ich Clown geworden.

– Wirklich? sagt Giles.

– Ich wollte die Vergangenheit vergessen, sagt

Alphonse. Ich wollte ein neues Gesicht aufsetzen und Kinder zum Lachen bringen.

– Wissen Sie, was wir machen sollten, sagt der Baron zu Natascha, nachdem Elsbeth sich abgewandt hat. Wir sollten bald einmal tanzen gehen.

– Jederzeit, sagt Natascha.

– Ist das Ihr Ernst?

– Aber sicher.

– Und wie kann ich Sie erreichen?

– Fragen Sie nach meiner Telefonnummer?

– Ich denke ja, sagt der Baron.

– Ich muß nachsehen, sagt Natascha. Ich bin gerade umgezogen.

– Wohin sind Sie gezogen? fragt der Baron und holt sein Notizbuch und einen kleinen goldenen Stift hervor.

– Kennington.

– Reizende Gegend.

– Verdammt deprimierend, sagt Natascha.

– Es mag vielleicht nicht die zuträglichste Nachbarschaft sein, sagt der Baron. Aber sie steckt voller Leben.

– Warum reden Sie so komisch? fragt sie und schaut ihn direkt an.

– Tu ich das?

– Ja, sagt sie. Jedenfalls hört sich das für mich komisch an.

– Vielleicht, weil ich nervös bin.

– Sind Sie immer nervös?

– Nein, sagt er, lächelt und schüttelt seine Locken. Es liegt wohl an Ihnen.

Sie lacht.

Elsbeth, die die ganze Zeit am Fenster gestanden hat, wendet sich um und sagt: – Wir müssen gehen.

– Jetzt schon?

– Wir halten Alphonse und Isabelle von der Arbeit ab, sagt sie.

Der Baron notiert die Nummer, die Natascha ihm vorliest. – Ich ruf Sie an, sagt er.

Alphonse schüttelt allen die Hand. – Auf Wiedersehen, sagt er. Auf Wiedersehen, auf Wiedersehen, auf Wiedersehen. Und nochmal herzlichen Dank, daß wir Ihr wunderbares Bild sehen durften, sagt er zu Giles.

– Dafür sind Bilder ja da, sagt Giles, um gesehen zu werden.

– Das stimmt, sagt Alphonse. Da geb ich Ihnen recht. Echt wahr.

Giles begleitet sie zur Haustür: – Wenn Sie noch einmal einen Blick auf den Braque werfen wollen, sagt er zu Natascha, jederzeit. Hier ist meine Karte.

– Danke, sagt Natascha. Ich nehm Sie beim Wort.

13

– Alphonse?

– Am Apparat.

– Endlich erreiche ich Sie, Alphonse. Was geht hier vor sich?

– Spricht da der Baron?

– Selbstverständlich spricht hier der Baron. Ich möchte wissen, was hier vor sich geht, Alphonse.

– Vor sich geht?

– Halten Sie mich nicht zum Narren, Alphonse. Sie wissen ganz genau, was ich meine.

– Sie meinen das heute Morgen?

– Daß Sie mir als ein Freund meiner Frau vorgestellt wurden, Alphonse, fand ich im höchsten Maße irritierend.

– Ich denke, sagt Alphonse, daß es mir erlaubt sein sollte, die Untersuchung auf meine Weise zu führen.

– Ich bezahle Sie, Alphonse. Ich denke ich habe ein Recht darauf zu erfahren, was Sie vorhaben.

– Aus Gründen, die ich jetzt nicht darlegen

möchte, sagt Alphonse, hat es sich als notwendig herausgestellt, daß ich mich der Dame annehme. Ich …

– Alphonse, sagt der Baron, das ist vollkommen indiskutabel … Und das wissen Sie ganz genau.

– Ich denke, das sollten Sie mich selbst beurteilen lassen, Baron.

– Aber was haben Sie vor, Alphonse? Sie können sich denken, daß es ein gelinder Schock für mich war, Sie im Haus meines Sohnes zu treffen.

– Ich hatte leider keine Gelegenheit, Sie vorzuwarnen, Baron. Ich selbst hatte natürlich keine Ahnung, daß Sie da auftauchen würden, als ich die Einladung der Dame angenommen habe.

– Aber warum haben Sie ihre Einladung überhaupt angenommen, Alphonse? Woher kennen Sie sie? Und wie lange wollten Sie das vor mir verheimlichen?

– Baron, Baron, sagt Alphonse. Wenn Sie wütend werden, hilft uns das auch nicht weiter.

– Sie bezeichnet Sie als Freund, sagt der Baron. Wie lange geht das schon? Und warum haben Sie mir kein Wort davon gesagt?

– Man sollte die Dinge nicht komplizieren, Baron. Echt wahr.

– Soll heißen, Alphonse?

– Das heißt, wenn ich eine Information habe, die im Sinne Ihres Auftrags wichtig ist, werde ich Sie selbstverständlich informieren. Solange, denke ich …

– Was denken Sie, Alphonse?

– Man sollte die Dinge nicht unnötig komplizieren, Baron.

– Und das heißt, sich mit dem Gegenstand der Ermittlungen anzufreunden? Sich Zutritt zum Haus meines Sohnes zu verschaffen und …

– Baron, Baron, sagt Alphonse. Wenn Sie so weitermachen, bleibt mir nichts anderes übrig, als auszusteigen. Echt wahr.

– Ich will Informationen, Alphonse, keine albernen Spielchen.

– Die bekommen Sie, Baron, sagt Alphonse. Echt wahr. Sobald ich etwas herausfinde. Im Augenblick kann ich Sie nur um Geduld bitten.

– Diese Frau ist finanziell am Ende, sagt der Baron. Ich muß wissen, was sie vorhat.

– Ich würde sagen, Baron, es ist unwahrscheinlich, daß sie etwas Unüberlegtes tut.

– Würden Sie sagen, Alphonse?

– Würde ich, Baron.

– Nach kaum ein oder zwei Wochen Bekanntschaft?

– Baron, ich bin Profi. Bitte vergessen Sie das nicht.

Schweigen. Dann sagt der Baron: – Na gut, Alphonse. Aber meine Geduld hat Grenzen.

– Selbstverständlich, Baron. Selbstverständlich. Sobald ich mir ein Bild gemacht habe, melde ich mich.

– Was heißt das, sobald Sie sich ein Bild gemacht haben?

– Das heißt, Baron, daß ich, sobald ich konkrete Informationen für Sie habe, diese unverzüglich an Sie weitergebe. Glauben Sie mir, Baron, mir liegt selbst genauso viel daran wie Ihnen, die Sache zu klären. Echt wahr.

– Gibt es einen anderen Mann, Alphonse? Wenn ja, was hat sie mit ihm vor? Wenn nicht, worum gehts dann in ihrem Tagebuch? Andererseits, wenn …

– Sobald ich mir ein Bild gemacht habe, Baron, sagt Alphonse. Sobald ich mir ein Bild gemacht habe.

– Und wann ist das?

– Baron, Baron, sagt Alphonse. Geht das wieder von vorne los? Wenn ich Ihnen etwas mitzuteilen habe, werde ich das tun. Ich kann mich nicht klarer ausdrücken, Baron, echt nicht.

– Na gut, sagt der Baron. Guten Tag, Alphonse.

– Den wünsch ich Ihnen auch, Baron.

14

Felix läßt es sich schmecken. Das ist der Vorteil, wenn man mit dem Besitzer eines guten Restaurants befreundet ist. Man kann immer mit einem köstlichen Mahl rechnen.

– Es ist in seinem Arbeitszimmer, sagt er. Links von der Eingangshalle, vor der Treppe. Und es ist groß.

Er kostet das Risotto. – Ausgezeichnet, sagt er.

– Ich hab den besten Küchenchef der Stadt, sagt Lino. Wie groß?

– So wie die darüber reden, sehr groß.

– Was heißt hier sehr groß?

– Du schaust es dir besser selbst an, Lino. Alles was ich weiß, hab ich nur gehört. Es ist ein Bild von ein paar Scheiben Brot und Schinken. Er hat es gemalt, als er 1943 in Paris am Verhungern war. Er konnte nur noch ans Essen denken, also hat ers gemalt.

– Vielleicht sollte ich es hier aufhängen, sagt Lino.

– Wer braucht ein Bild, wenn ers in echt haben kann? sagt Felix und reinigt seinen Teller mit einer

Scheibe Brot. Er steckt das Brot in den Mund und wischt den Mund mit der Serviette ab, während er kaut und schluckt.

– Ich muß drüber nachdenken, sagt Lino. Hättest du gern einen Hauptgang? Ich hab ein schönes *Ossobucco*.

– Nein, nein, sagt Felix. Nur einen Kaffee.

– Ein schönes *Vitello tonnato*?

– Nein, nein. Nur Kaffee.

– Wir haben heute Abend ein schönes *Tiramisù*.

– Kaffee reicht mir, sagt Felix. Du weißt doch, ich bin kein großer Esser.

– Vier Millionen, sagt Felix, als Lino ihm den Kaffee bringt. Für ein paar Scheiben Brot mit Schinken.

– Vielleicht sollte ich mit meinen Preisen raufgehen, sagt Lino und lacht.

Felix steht auf und nimmt seinen Mantel vom Kleiderbügel. – Das war ganz köstlich, sagt er.

– Schade, daß du das *Vitello tonnato* nicht probiert hast.

– Ich bin sicher, es ist ausgezeichnet.

– Ich hab den besten Küchenchef der Stadt, sagt Lino.

Er begleitet Felix zur Tür. – Schau wieder rein. Jederzeit. Ich freu mich immer, dich zu sehen.

– Gleichfalls, sagt Felix.

Er eilt hinaus in den Nieselregen.

15

Natascha betritt das Café in der King's Road und setzt sich zu Charlie an den Tisch.

– Das muß aufhören, sagt sie.

– Wovon sprichst du?

– Du weißt, wovon ich spreche, sagt sie. Ich kann keinen Schritt tun, ohne dich und deine verdammte Kamera zu sehen. Wenn ich aus dem Haus komme, stehst du am anderen Ende des Platzes. Wenn ich in einen Laden gehe, filmst du mich durchs Schaufenster. Wenn ich im Supermarkt bin, bist du im nächsten Gang. Das muß aufhören, Charlie.

– Das bildest du dir ein, sagt er.

– Schon klar, sagt sie. Aber kein Rauch ohne Feuer. Ich hab gesehen, wie du in Einfahrten verschwindest, wenn ich um die Straßenecke komme. Ich hab gesehen, wie du aus dem Bus steigst, mit dem ich gefahren bin. Ich hab gesehen, wie du vorm Kino auf mich gewartet hast. Ich hab gesehen …

– Du spinnst doch, sagt er.

– Das muß aufhören, sagt sie. Oder ich steig aus.

– Bist du doch längst, sagt er. Du treibst es doch mit dem Typ.

– Sollen wir wetten?

– Etwa nicht?

– Das geht dich nichts an.

– Tat es aber mal.

– Nie, sagt sie.

– Heißt das, sagt er, du steigst aus?

– Ich hab überall danach gesucht, sagt sie, ich kanns einfach nicht finden. Er wird langsam mißtrauisch.

– Er hats wahrscheinlich längst auf die Bank gebracht.

– Der nicht, sagt sie. Ich kenn ihn.

– Warum gibst du nicht zu, daß du mit ihm schläfst? sagt er. Macht mir nichts aus. Ich freu mich. Du bekommst, was du verdienst, find ich.

– Scheiße, sagt sie.

– Stimmt doch, oder?

– Ich hab dir gesagt, ich will nicht darüber reden. Ich hab gesagt, ich mach den Job, und ich mach ihn. Jetzt halt verdammte Scheiße die Schnauze.

– Okay, okay, sagt er. Aber mach voran.

– Zuerst muß ganz klar sein: Du läufst mir nicht mehr nach. Keine Kamera. Kein nichts.

– Wovon redest du? sagt er.

– Meinst du, ich hab dich nicht gesehen? sagt sie. Mit der Kamera? Wie du mir nachschnüffelst?

– Du bist verrückt, sagt er.

– Warum bist du mir am ersten Tag gefolgt?

– Ich hab mir Sorgen gemacht.

– War doch deine Idee.

– Ich weiß. Aber ich hab mir Sorgen gemacht.

– Wie du siehst, sagt sie, bin ich noch ganz.

– Ich weiß. Ich hätts besser wissen sollen.

– Keine Schnüffelei, sagt sie. Keine Kamera. Nichts. Oder Ende unserer Vereinbarung.

– Wir haben eine Vereinbarung? sagt er. Das ist so lange her, daß ichs vergessen hab.

– War doch deine Idee. Wir hatten eine Vereinbarung. Ich für meinen Teil halt mich dran. Jetzt vermassle bloß nicht alles.

– Du machst das nur aus Abenteuerlust.

– Na, und? sagt sie.

– Nichts, sagt er. Nichts.

– Erzähl mir nicht, du machst das nur wegen der Mäuse.

– Nein, gibt er zu. Die Gaunerei bringt mir Spaß.

– Und nicht vergessen, sagt sie. Keine Kamera mehr. Kein Nachspionieren. Nichts. Sonst steig ich aus.

– Okay, sagt er. Aber mach voran.

16

– Miss Jenkin war wieder in Hochform, sagt der Baron, als sie die geschäftigen Straßen von Henley hinter sich lassen.

– Freut mich zu hören, Sir, sagt Felix.

– Ihr Gehör läßt allerdings immer mehr zu wünschen übrig. Ich hab sie gefragt, ob alles in Ordnung ist, und sie sagt: Oh, ja, wundervoll. Wundervoll? sag ich. Er singt, sagt sie. Singt? sage ich. Mitten in der Nacht, sagt sie. In der Nacht? sage ich. In der Nacht, sagt sie. Er singt mitten in der Nacht? sage ich. Wovon redest du? sagt sie. Wer singt? Ich weiß es nicht, sage ich. Ich hab nur wiederholt, was du gesagt hast. Du versuchst nur, mich durcheinander zu bringen, sagt sie. Was meinen Sie, Felix, fragt der Baron, verliert sie den Verstand oder das Gehör?

– Das wage ich nicht zu entscheiden, Sir, sagt Felix.

Mit einem Seufzer lehnt sich der Baron zurück. Erst sehr viel später, als sie die M 25 überqueren, fährt er fort:

– Felix, der Mann, den Sie meinem Freund empfohlen haben. Er hat schon eine sehr eigenwillige Art, die Dinge anzugehen, stimmts?

– Ich glaube, so viel hatte ich angedeutet, sagt Felix.

– Er verhält sich nicht so, meint mein Freund, wie sich so eine Person nach seiner Meinung verhalten sollte.

– Tut mir leid, das zu hören, Sir. Bisher hat er die Dinge immer zur allgemeinen Zufriedenheit gelöst, Sir.

– Darüber wollte ich mit Ihnen reden, sagt der Baron. Mein Freund hat das Gefühl, daß er nicht nur im höchst eigenartig, sondern möglicherweise auch unfähig ist.

– Tut mir leid, das zu hören, Sir, sagt Felix.

– Sind Sie sicher, daß er der Sache gewachsen ist, Felix?

Felix fährt mit Vollgas auf die Autobahn-Einfahrt zu. Fast lautlos ziehen sie auf der äußersten Spur an den anderen Fahrzeugen vorbei.

– Sind Sie da sicher? Felix?

– Ich habe mich stets bemüht, alles zufrieden stellend zu erledigen, Sir, sagt Felix.

– Das haben Sie wirklich, sagt der Baron. Aber Sie haben meine Frage nicht beantwortet.

– Nein, Sir, sagt Felix, den Blick fest auf die Fahrbahn gerichtet.

Der Baron seufzt. – Sie wissen es wohl am besten, sagt er.

– Danke, Sir, sagt Felix.

Der Baron seufzt erneut. – Sportnachrichten, Felix, sagt er, und während Felix an den Knöpfen fummelt, lehnt er sich zurück und schließt die Augen.

Als sie da sind, dreht sich Felix zum Baron um und sieht, daß er eingeschlafen ist. Er hustet leicht, und der Baron öffnet die Augen.

– Danke, Felix, sagt er und löst den Gurt.

– Wenn Sie gestatten, Sir, sagt Felix und hält sein Taschentuch bereit.

Der Baron hält ihm sein Gesicht hin und schüttelt die weißen Locken aus der Stirn. – Danke, Felix, wiederholt er, als Felix vorsichtig die verräterischen Spuren entfernt.

Felix steckt das Taschentuch wieder ein, steigt aus, eilt um den Wagen herum, und hält dem Baron die Tür auf.

– Das wäre alles für heute, Felix, sagt der Baron beim Aussteigen.

– Sehr wohl, Sir, sagt Felix.

17

– Giles Baron.
– Hier ist Isabelle.
– Isabelle! Wie gehts?
– Also, ich würde furchtbar gern noch mal vorbeikommen und mir den Braque ansehen.
– Wirklich? Wann möchten Sie kommen?
– Wann paßt es Ihnen?
– Morgen?
– Schwierig. Übermorgen?
– Bestens. Wann?
– Morgens? So gegen elf?
– Perfekt, sagt Giles.
– Bis dann, sagt Natascha. Ich freu mich.
– Ich mich auch, sagt Giles.

* * *

– Hallo.
– Spreche ich mit Isabelle?
– Am Apparat.
– Hier ist der Baron.

– Hallo!

– Isabelle, leben Sie mit Alphonse zusammen?

– Ich hab ein Zimmer in seiner Wohnung. Warum?

– Das ist mir jetzt erst aufgefallen. Die Nummer, die Sie mir gegeben haben. Sie ist mit seiner identisch.

– Das stimmt.

– Das erklärt auch, warum mir Ihre Stimme bekannt vorkam. Wir haben schon einmal miteinander telefoniert, nicht wahr?

– Ja, sagt sie.

– Ist Alphonse da, Isabelle?

– Leider nein.

– Gut. Ich wollte nämlich mit Ihnen sprechen.

– Ja?

– Isabelle, hätten Sie Lust, heute Abend zum Essen zu mir zu kommen?

– Zu Ihnen?

– Nach Highgate.

– Sehr gerne. Wann?

– Sagen wir so gegen sieben?

– Geben Sie mir noch die Adresse?

– Selbstverständlich, haben Sie was zum Schreiben?

– Schießen Sie los.

* * *

– Lino? Hier ist Charlie. Ist Rosie da?

– Charlie! Wie gehts dir, mein Lieber? Wann kommst du mal wieder vorbei, Charlie?

– Bald, Lino. Bald.

– Wir haben was Geschäftliches zu besprechen, okay?

– Okay, Lino. Hab ich nicht vergessen.

– Warte. Ich geb dir Rosie.

– Hi.

– Hi. Kommst du heute Abend mit?

– Klar.

– Dann in einer halben Stunde im Café.

– Kannst du nicht herkommen?

– Ich möchte Lino jetzt nicht sehen.

– Oh, Charlie!

– Er möchte was Geschäftliches mit mir besprechen. Ich möchte ihn jetzt nicht sehen.

– Okay. Dann bis gleich im Café.

– In einer halben Stunde.

– In einer halben Stunde.

18

Elsbeth lädt Alphonse zum Lunch in eines ihrer Lieblingsrestaurants ein, das Shalimar in der Old Street.

– Alphonse, sagt sie, ich mach mir Sorgen. Ich weiß nicht, was vor sich geht.

– Alles unter Kontrolle, sagt Alphonse. Echt wahr, Elsbeth.

– Das sagen Sie immer, sagt sie.

– Und warum sag ich das? sagt er. Weil es so ist, Elsbeth, echt wahr.

– Sie haben von mir Geld bekommen, Alphonse, sagt sie, und Sie lassen sich von mir zum Lunch einladen, aber Sie tun nichts, gar nichts.

Der Kellner steht am Tisch. – Ich hätte gern die Spezialität des Tages, Vijay, sagt sie.

– Und der Herr?

– Dasselbe, sagt Alphonse. Und eine Flasche Mineralwasser.

– Nein, sagt sie. Kein Mineralwasser. Ein Krug Leitungswasser, sagt sie zum Kellner.

– Was soll das bedeuten, Elsbeth? sagt Alphonse.

– Die Chance, verstrahlt zu werden, ist bei Mineralwasser achtundzwanzig Mal höher als bei Leitungswasser. Das weiß heute jeder.

– Das weiß jeder? sagt er. Was reden Sie da, Elsbeth?

– Ist doch logisch, sagt sie. Die Strahlung dringt in die Erde und kontaminiert die Quelle des Mineralwassers tief im Innern der Berge.

– Welche Strahlung, Elsbeth? sagt er.

– Die Strahlung von Tschernobyl, sagt sie. Und all den anderen Bomben, die sie gezündet haben.

– Und was ist mit der Wasserverschmutzung? sagt er. Was mit der bestens dokumentierten Verschmutzung des Trinkwassers in London?

– Wären Sie lieber verschmutzt oder verseucht? sagt sie. Ein Krug Leitungswasser, Vijay. Mit Eis.

– Sie haben von mir Geld bekommen, Alphonse, sagt sie, nachdem der Kellner gegangen ist, und Sie lassen sich von mir zum Lunch einladen, aber Sie tun nichts, gar nichts.

– Das sagten Sie bereits, sagt er. Aber woher wollen Sie das wissen? Woher wollen Sie wissen, daß ich nichts getan habe?

– Nichts, wofür ich Sie bezahlt habe.

– Bezahlt, bezahlt, sagt er. Da gibt es auch den Sicherheitsfaktor zu berücksichtigen, wissen Sie.

– Sicher weiß ich das, sagt sie und zündet sich an der alten eine neue Zigarette an und drückt die Kippe im Aschenbecher aus. Ich bin nicht sicher, ob wir hier in aller Öffentlichkeit zusammen essen sollten, Alphonse, aber ich muß mit Ihnen reden.

– Langsam, Stück für Stück, sagt Alphonse, fügt sich nun eins zum anderen. Bald schlag ich zu und alles ist vorbei.

– Ich will das gar nicht wissen, sagt sie. Ich will einfach, daß es vorbei ist. Ich bin krank und müde, weil nichts passiert, Alphonse, krank und müde, krank und müde.

– Wenn Sie das alles für so einfach halten, warum machen Sies dann nicht selbst? sagt er.

Sie starrt ihn mit offenem Mund über den Tisch an.

– Sie haben einfach keine Ahnung, Elsbeth, sagt er, wieviel Arbeit in der Planung eines solchen Auftrags steckt.

– Sie haben doch keine Angst, oder? fragt sie plötzlich.

– Ich? sagt er.

– Sie werden doch nicht kneifen? Und mit der Kohle aus dem Staub machen?

– Elsbeth, sagt er, was soll das? Seh ich so aus, als würd ich mich einfach aus dem Staub machen?

– Einen Augenblick lang, sagt sie, dachte ich, daß …

– Angst, sagt Alphonse, ist ein Wort, das ich nicht kenne.

Der Kellner bringt den Krug Eiswasser.

– Alphonse, wenn in der nächsten Woche nichts passiert, verlange ich mein Geld zurück.

– Geld, Geld, sagt er. Können Sie von nichts anderem reden? So etwas braucht Zeit, echt wahr.

– Hier geht es aber genau um Geld, sagt sie. Ich war arm und beabsichtige nicht, wieder arm zu werden. Sobald das Kind geboren ist, Alphonse, werde ich aus dem Testament gestrichen, und dann hab ich nicht einmal mehr genug, um Sie zu bezahlen.

– Erzählen Sie mir nichts von Armut, Elsbeth, sagt er. Als mein Vater …

– Alphonse, sagt sie, ich stell Ihnen ein Ultimatum: Entweder Sie handeln bis spätestens Ende nächster Woche, oder Sie zahlen den Vorschuß zurück.

– Wie können Sie so etwas sagen? sagt er.

– Ich hab es gerade gesagt, oder? sagt sie. Und sitzen Sie gerade, Alphonse, ich kann das gar nicht mit ansehen, wenn jemand krumm sitzt.

– Wenn Sie sich jetzt verabschieden wollen, sagt Alphonse, ist das Ihre Sache. Aber Vertrag ist Vertrag. Und bezahlt ist bezahlt.

– Sie würden den Vorschuß nicht zurückzahlen?

– Nein, sagt Alphonse.

– Dann muß ich andere Möglichkeiten in Betracht ziehen, um ihn zurückzubekommen, sagt sie.

– Wollen Sie mir drohen, Elsbeth? Ist es so weit gekommen?

– Ich hab solche Angst, Alphonse, sagt sie. Ich weiß selbst nicht, wie es so weit kommen konnte. Und jetzt weiß der Baron auch noch, daß wir befreundet sind. Wer weiß, was er jetzt macht.

– Ich habs Ihnen doch erklärt, Elsbeth. Ich sehe endlich Land. Jetzt sehe ich meine Berechnungen aufgehen. Echt wahr.

– Was meinen Sie mit aufgehen, Alphonse?

– Nehmen Sie den Baron, sagt er. Ich hab ihm erklärt, daß es notwendig war, Ihre Bekanntschaft zu suchen, damit ich Sie gründlicher beschatten kann.

– Bitte nicht dieses Wort, Alphonse, sagt sie.

– Welches Wort?

– Ich hab Ihnen schon mal gesagt: Das ist ein Gefühl, wie von beiden Seiten genommen zu werden.

– Sie sind zu empfindlich, Elsbeth, sagt er.

– Mir gefällt das Wort nicht, Alphonse.

– Der Baron, sagt er, war überrascht, hat aber weise entschieden, mich das auf meine Art machen zu lassen.

– Das möchte ich ja auch, sagt sie. Aber Sie tun nichts. Ihre Art ist es, überhaupt nichts zu tun. Dafür hab ich Sie nicht bezahlt, Alphonse.

– Elsbeth, sagt er. Ich werde wirklich wütend, wenn Sie so weiter reden. Echt wahr. Sie bezahlen mich schließlich, damit ich die Entscheidungen treffe. So lassen Sie mich doch machen.

– Aber das ist es ja gerade, sagt sie. Sie scheinen keinerlei Entscheidungen zu treffen. Alles was Sie tun, ist, mein Geld zu nehmen und sich von mir zum Essen einladen zu lassen.

– Elsbeth, sagt er. Sie sind müde und erschöpft. Echt wahr. Überlassen Sie alles mir, und ich verspreche Ihnen, Sie werden mir sehr bald den Rest zahlen.

– Ich halte den Druck nicht aus, Alphonse, sagt sie. Das müssen Sie verstehen.

– Sie sollten nicht soviel rauchen, Elsbeth, sagt er. Echt wahr.

19

– Das, sagt der Baron, ist die Hängematte meiner Frau. Sie läßt sich hier gern nachmittags vom Wind in den Schlaf wiegen.

– Schläft sie viel? fragt Natascha.

– Unglückliche Menschen schlafen immer viel, sagt der Baron.

– Warum ist sie unglücklich?

Der Baron hebt die Schultern und schaut sie unter seinem weißen Lockenschopf an. – Es gibt so viele Ursachen fürs Unglücksein in diesem Leben, sagt er.

Ja, ja, sagt Natascha.

Sie sind im fußballplatzgroßen Garten des Barons in Highgate, an einem schönen Frühlingsabend. – In dem Cottage da drüben, sagt der Baron, wohnt Felix. Daneben ist das Gewächshaus, und dahinter das Cottage, wo Wally, der Gärtner, mit seiner Familie wohnt.

– Und das?

– Was?

– Dahinten.

– Oh, sagt er. Hampstead Heath.

Sie pfeift. – Hübsch haben Sies hier, sagt sie.

– Mir gefällts, sagt der Baron.

– Wieso haben Sie nicht gleich den Buckingham Palast gekauft?

– Oh, ich ziehe Highgate Victoria vor, Sie nicht?

– He, sagt Natascha, mir ist kalt.

– Abends kann es noch ganz schön frisch sein, stimmt der Baron zu. Gehen wir rein. Er führt sie ins Haus.

– Das ist jetzt aber eine Enttäuschung, sagt sie und mustert das Wohnzimmer.

– Was?

– Das alles, sagt sie und weist vage in die Runde.

– Finden Sie?

– Es ist zu voll.

– Wie seltsam, sagt er. Bisher habe ich immer nur Lob für meine Einrichtung bekommen.

– Vielleicht weil ich so groß bin, sagt sie. Ich hab immer Angst, über was zu stolpern oder was umzustoßen.

– So groß sind Sie nun auch wieder nicht, sagt er.

– Verglichen mit Ihnen schon, sagt sie. Aber Sie sind ja praktisch auch ein Zwerg.

– Jetzt ist es aber gut, Isabelle, sagt er. Jetzt ist es aber gut.

– Stimmt aber, sagt sie.

– Ich halte mich für soliden Durchschnitt, sagt er. Groß für einen Waliser, wie Dylan Thomas sagen würde.

– Wahrscheinlich, sagt sie. Tut mir leid, wenn ich Sie gekränkt haben sollte.

– Überhaupt nicht, sagt er und dirigiert sie zu einem Sofa. Mir gefällt, daß Sie so geradeheraus sind. Was möchten Sie trinken?

– Campari, sagt sie. Mit Soda.

Der Baron klingelt und Felix erscheint. – Einen Campari mit Soda für die Dame, bitte, Felix, sagt der Baron.

– Sehr wohl, Sir.

– Trinken Sie nichts? fragt sie, als Felix gegangen ist.

– Felix weiß, was ich trinke.

– Okay, okay, sagt sie. Ist ja gut.

– Mein liebes Kind, sagt er.

– Ich hab Ihnen schon mal gesagt, daß Sie mich nicht liebes Kind nennen sollen, sagt sie.

– Oje, sagt er.

Sie schaut sich um. – Wer ist das?

– Meine verstorbene Mutter.

– Und ist das Ihr Vater?

– Mein Großvater.

– Und das?

– Sie sind aber neugierig, sagt er.

Felix kommt mit den Getränken.

– Wenn die schon alle bei Ihnen an den Wänden hängen, machts Ihnen doch sicher nichts aus, mir zu sagen, wer die sind, sagt sie.

– Das ist meine Tochter.

– Echt? Die ähnelt aber keinem von Ihnen beiden.

– Keinem von uns beiden? Ach so, sie ist nicht Elsbeths Tochter. Sie ist in der Tat ganz ihre Mutter.

– Wie viele haben Sie?

– Kinder?

– Nein, Frauen.

– Hallo, sagt er, Sie wollens aber wissen.

Sie nimmt einen Schluck und lächelt ihn über den Glasrand hinweg an. Er lächelt zurück und streicht sich dabei eine Locke aus der Stirn.

– Worüber sollen wir denn reden? fragt sie.

– Oje, sagt er. Was für eine Frage?

– O Mann, sagt sie, meine Fragen sind entweder tabu oder peinlich.

– Sie sind so direkt, sagt er.

– Und was bringen indirekte Fragen?

– Ich erinnere mich, sagt er, wie ich als Student in Oxford einmal von einem berühmten und exzentrischen russischen Professor zum Tee eingeladen wurde. Wir waren zu sechst oder siebt, außer dem Professor und seiner Frau. Wir saßen um einen großen runden Tisch, und er sagte: Wenn dies eine englische Tee-Gesellschaft wäre, würden wir jetzt übers Wetter reden. Aber dies ist keine englische Tee-Gesellschaft. Dies ist eine russische Tee-Gesellschaft. So schlage ich als heutiges Konversationsthema vor, vom Teufel zu sprechen.

– Warum erzählen Sie mir das? fragt sie.

– Ich weiß nicht, sagt er. Ich dachte, das könnte Sie amüsieren. Das fiel mir bei Ihrer Frage ein, was indirekte Fragen bringen.

– Weiter, sagt sie.

– Nicht, wenn ich Sie damit langweile.

– Los weiter, sagt sie. Jetzt haben Sie schon angefangen. Haben Sie über den Teufel gesprochen?

– Ich glaub schon, sagt er. Ich erinnere mich kaum. Nur an die Eingangsbemerkung und den großen Tisch. Ein großer runder Tisch. Glänzend poliert. Und rundherum, wenige Zoll vom Tischrand entfernt, Intarsien aus dunklerem Holz.

Sie schweigt und trinkt ihren Campari aus.

– Er hielt eine Vorlesung über Dostojewskij. Ich ging immer hin, obwohl ich nicht Russisch studierte. Er trug in Englisch vor, mit starkem russischen Akzent. Die Vorlesung war wohl für höhere Semester, denn wir waren nur ganz wenige. Seine Frau saß immer ganz hinten und rief dazwischen. Wenn er sagte: »Und dann heiratete er seine Sekretärin«, rief sie: »Welche Sekretärin? Sie war seine Lebensgefährtin und der Grund seines Erfolgs.« Wenn er sagte: »Natascha Filopownas Porträt ist zwar idealisiert, bleibt dennoch bemerkenswert«, schrie sie: »Dostojewskij verstand nichts von Frauen, nichts!« Wir lauerten förmlich auf diese Zwischenrufe, denn die Vorlesungen waren zwar ziemlich interessant, aber ein wenig zu schwärmerisch für unseren Geschmack. Außerdem hoffen wir immer, daß die beiden mal so richtig aufeinander losgehen.

– Wer war Natascha Filopowna? fragt sie.

Felix steht in der Tür: – Es ist angerichtet, Sir, sagt er.

Der Baron nimmt ihren Arm und geleitet sie ins runde, mit Wandteppichen drapierte Eßzimmer. Er zieht den Stuhl mit der hohen Lehne für sie zurück und setzt sich dann ihr gegenüber. Nachdem beide Platz genommen haben, erscheint Felix mit einer silbernen Platte in weißbehandschuhten Händen und beugt sich zu ihr.

– He, sagt sie. Muß ich?

– Felix kann Ihnen behilflich sein, wenn Sie möchten.

– Nein, nein, ich schaff das schon. Wahrscheinlich landet alles auf dem Tischtuch.

– Ein schlichtes *Soufflé*, sagt der Baron. Ich hoffe, Sie mögen es.

– Bedient er Sie auch, wenn Sie hier alleine essen? fragt sie, nachdem Felix gegangen ist.

– Gelegentlich, sagt der Baron mit Augenzwinkern.

– Ich würd das nicht aushalten, sagt sie.

– Alles Gewohnheitssache, sagt er.

– Sind Sie denn so aufgewachsen?

– Nein, o nein, sagt er. Obwohl ich nicht gerade arm aufgewachsen bin. Ich hatte einen gewissen Start ins Leben.

Sie ißt ihr *Soufflé*, wischt sich den Mund mit der großen, gestärkten Serviette und schaut ihn an. – Sind Sie glücklich? fragt sie.

– Fragen haben Sie! sagt er.

– Und, sind Sies?

– Meistens, sagt er. Ich möchte sagen, ich habe eine sonnige Veranlagung.

– Warum sprechen Sie so? sagt sie.

– Wie denn?

– Ich weiß nicht. Die ganze Art, wie Sie sprechen. Die Wörter, die Sie gebrauchen.

– Das hab ich Ihnen doch schon gesagt. Das liegt an Ihrer Gegenwart. Sie machen mich nervös.

Sie lacht.

– Warum lachen Sie?

– Weil ich Sie nervös mache, während ich mich bei Ihnen völlig entspannt fühle. Es sollte andersherum sein, stimmts?

– Freut mich, daß Sie sich entspannt fühlen, sagt er.

Sie schweigt mit gefurchten Brauen.

– Und Sie? fragt er.

– Ich?

– Sind Sie glücklich?

– O nein, sagt sie. Wie könnte ich, in meinem Alter?

– Ich dachte, junge Menschen sind immer glücklich. Unbeschwert.

– Dann haben Sie vergessen, wie es ist, jung zu sein, sagt sie.

Felix kommt noch mal mit dem *Soufflé*. – Ich weiß nicht, sagt sie. Kommt da noch viel?

– Reichlich, sagt er und lächelt sie an.

– Dann sollte ich nichts mehr nehmen.

– Nur zu, sagt er. Sie sind schließlich noch im Wachstum.

– Ich hoffe nicht, sagt sie. Aber wissen Sie was, ich fühl mich ziemlich glücklich heute Abend. Und Glück ist gut für die Verdauung. Also, ich bin dabei.

– Das freut mich, sagt er.

* * *

Nach dem Essen führt er sie zurück ins Wohnzimmer. – Darf ich Ihnen einen Likör anbieten?

– Ja gern. Einen Kirsch.

Sie zündet sich eine Zigarette an.

– Ich würde es begrüßen, wenn Sie hier nicht rauchen.

– Ich geh nach draußen.

– Nein, wenn Sie rauchen müssen, rauchen Sie hier.

– Aber Sie haben gesagt, ich soll nicht.

– Ich habe gesagt, ich würde es begrüßen.

– Dann laß ichs. Ist nicht wichtig.

Felix serviert den Kaffee. – Einen Kirsch für die Dame, sagt der Baron.

– Sehr wohl, Sir, sagt Felix.

Natascha schaut auf die Uhr. – Ich sollte gehen.

– Weil ich Sie gebeten habe, nicht zu rauchen?

– Nein. Ich habe nur das Gefühl, ich sollte jetzt gehen.

– Aber Sie sind doch gerade erst gekommen.

– Sie haben mich zum Essen eingeladen.

– Das Dinner war erst der erste Teil des Abends, sagt er.

– Und was machen wir im zweiten Teil?

Er lacht.

– Tut mir leid, sagt sie. Ich kann nicht so herumsitzen. Ich muß was unternehmen.

– Wir könnten tanzen gehen, sagt er.
– Nicht heute Abend.
– Ein anderes Mal?
– Wie schon gesagt, ich tanze gern.
– Hätten wir heute Abend lieber tanzen gehen sollen?
– Nein. Ich bin froh, daß ich hier war. Aber jetzt muß ich los.

Sie steht auf.

– Sie wollen wirklich schon aufbrechen?
– Ja.
– Und der Kirsch?
– Ein anderes Mal.
– Dann bitte ich Felix, Sie zu fahren.
– Nein, nein. Ich komm schon zurecht.
– Ist keine Mühe.
– Ich komm schon zurecht.
– Wie Sie wollen, sagt er.
– Ich hab den Abend wirklich sehr genossen, sagt sie.
– Sie sind eine komische Frau, Isabelle, sagt er.
– Echt? Warum sagen Sie das?
– Hat Ihnen das noch nie jemand gesagt?
– Nein, sagt sie. Meine Freunde nehmen mich, wie ich bin.

Sie bückt sich und gibt ihm ein Küßchen auf die Wange.

– Danke für das wunderbare Abendessen, sagt sie.

– Was ist mit Tanzen?

– Anruf genügt.

– Ich wollte Sie noch was fragen, zu Alphonse.

– Ist nicht wichtig, sagt sie.

Er begleitet sie zur Tür.

– Rufen Sie mich an, sagt sie.

– Gewiß, sagt er lächelnd und streicht sich die Locken aus dem Gesicht. Gewiß.

20

Als sie die Stufen hinaufgeht, füllen Akkordeonklänge das Treppenhaus, gefolgt von Alphonses klagender, leicht belegter Stimme. Sie findet ihn im Lehnsessel, das Akkordeon umgeschnallt, ein Kissen im Schoß, eine Flasche Wein zwischen den Beinen.

– Wo bist du gewesen, mein Püppchen? fragt er.

– Frieren deine Eier? sagt sie und zeigt aufs Kissen.

– Ich hab gefragt, wo du gewesen bist.

Sie geht in die Küche, holt eine Flasche Mineralwasser aus dem Kühlschrank, nimmt ein Glas und kommt wieder ins Wohnzimmer.

– Ich hab dich was gefragt, sagt er.

– Ach, leck mich, sagt sie. Sie gießt sich ein Glas ein, trinkt aus, gießt sich noch eines ein.

Er setzt die Flasche an die Lippen, trinkt, stellt die Flasche wieder zwischen seine Füße, wischt sich den Mund, nimmt das Akkordeon zur Brust und fängt wieder an zu spielen. Er singt dazu.

Am Ende sagt sie: – Was ist das?

– Ein Lied aus meiner Kindheit, das die Bäuerinnen immer gesungen haben. Es ist von einem unserer größten Dichter, Petőfi.

– Was heißt es?

– Es ist Ungarisch.

– Ich hab gefragt, was es heißt.

– Eine grobe Übersetzung würde etwa so lauten, sagt er und beginnt wieder zu singen:

Ich bin der Baum, sei meine Blüte.
Ich bin die Blume, sei mein Tau.
Ich bin der Tau, sei meine Sonne,
Dann sind wir zwei vereint in Wonne.

Bist du, mein Lieb, der Himmel,
Möcht ich bei dir als Stern stehn.
Bist du, mein Lieb, die Hölle,
Möcht ich verdammt zu dir gehn.

– Auf Ungarisch klingt das wahrscheinlich besser, sagt sie, als er fertig ist.

Er zwängt sich aus dem Akkordeon und stellt es neben die Flasche auf den Boden.

– Petőfi war einer der Anführer der Revolution von 1848, sagt er. Er fiel, wahrscheinlich mit 26, in der Schlacht bei Schaeßburg gegen die Armee des Zaren, 1849, obwohl seine Leiche nie gefunden wurde.

– Der hat solche Gedichte geschrieben?

– Isabelle, sagt Alphonse. Weißt du was mit mir geschieht, wenn ich mein Zimmer betrete?

– Wenn du dein Zimmer betrittst?

– Ich steh mitten im Zimmer, sagt Alphonse, und hab das Gefühl, als wär ich ganz aus Glas. Wenn mich jemand sehen würde, Isabelle, könnte er durch mich hindurch sehen. Wenn ich mir mit einem Löffel auf die Brust schlüge, sagt er, würde es klirren, Isabelle. Klirren. Und wenn ich mit dem Bein gegen das Bett trete, würde es zerspringen wie Glas. Kennst du das Gefühl, Isabelle. Als wärst du ganz aus Glas?

– Du bist betrunken, sagt sie.

– Wenn ich mich so fühle, kann mir nur ein Gedicht von Petöfi helfen. Nur mein Akkordeon kann mir helfen. Weißt du, wie das ist, Isabelle, wenn man das Gefühl hat, daß nur ein Gedicht helfen kann? Daß nur das Akkordeon helfen kann?

– Du bist total durchgeknallt, sagt sie. Du bist sturzbesoffen. Du weißt nicht, was du sagst.

– Isabelle, sagt er, jemand hat meine Sachen durchsucht. Echt wahr.

– Jemand?

– Jemand hat meine Schubladen durchsucht.

– Fehlt was?

– Das gefällt mir nicht, Isabelle.

– Ich hab gefragt, ob was fehlt.

– Ich mag keine Leute, die meine Schubladen durchsuchen, sagt er.

– Kann ich mir vorstellen, sagt sie.

Er wirft das Kissen auf den Boden.

– Was hast du da, verdammte Scheiße? sagt sie.

– Eine Kanone, mein Püppchen.

– Willst du mich erschießen?

– Vielleicht, mein Püppchen, vielleicht mach ich das.

– Du bist betrunken, sagt sie. Du bist total betrunken, Alphonse. Nimm die Kanone weg, bevor sie losgeht.

– Sie ist ganz still, mein Püppchen, sagt er. Still wie ein Grab. Beinahe.

– Nimm das weg.

– Du glaubst, ich schieße nicht?

– Nimm das weg, du besoffenes Schwein.

Man hört ein Geräusch wie beim Öffnen einer Mineralwasserflasche, und die Pistole zuckt in seiner Hand.

– Verdammte Scheiße, sagt sie. Sie schauen zur Decke, wo die Kugel ein Loch hinterlassen hat.

– Du legst das sofort weg, du durchgeknallter Saufkopf, sagt sie.

– Damit hast du nicht gerechnet, was, mein Püppchen? sagt er und zielt mit der Pistole auf sie.

– Nimm das weg, sagt sie. Du verletzt noch jemanden mit dem Ding.

– Natürlich, sagt er. Dafür ist es ja da.

– Nimm die verdammte Kanone weg, sagt sie mit weit aufgerissenen Augen.

– Ja, mein Püppchen, sagt er. Er legt sie wieder auf seine Knie. – Ich wollte dir nur mal zeigen, wozu ich fähig bin.

Sie starrt ihn an.

– Nur ein Scherz, sagt er.

– Scheiß auf deine Scherze, sagt sie.

21

– Das Wichtigste im Leben, sagt der Baron, ist Freiheit. Finden Sie nicht auch, Felix?

– So ist es, Sir, sagt Felix und blickt auf die Straße.

– Das Problem mit Miss Jenkin, sagt der Baron, ist ihre Strenge. Meinen Sie, daß bei der Erziehung eine gewisse Strenge nötig ist?

– Ich kenn mich da nicht aus, Sir, sagt Felix.

– Man sieht ja, welchen Schaden Kinder durch übertriebene Freiheit nehmen, sagt der Baron.

– Kinder, sagt der Baron nach einer Weile, müssen spüren, daß es gewisse Regeln im Leben gibt. Sie brauchen etwas, gegen das sie rebellieren können. Ist das nicht das Wesen der Kindheit, Felix?

– Da kann ich nicht mitreden, Sir.

– Hatten Sie eine glückliche Kindheit, Felix?

– Ich wüßte nicht, womit ich sie vergleichen sollte, Sir, sagt Felix.

– Das ist gut, Felix, sagt der Baron. Sogar sehr gut. Ist Ihnen das jetzt eingefallen oder haben Sie das irgendwo gelesen?

– Wie meinen, Sir?

– Schon gut, Felix, sagt der Baron. Schon gut.

Es dauert eine Weile, bis der Baron wieder anhebt. Dann sagt er:

– Der Mann, den Sie meinem Freund empfohlen haben, hat sich als ziemliche Enttäuschung herausgestellt.

– Tut mir leid, das zu hören, Sir.

– Ja, Felix, er scheint unfähig zu sein, etwas herauszufinden. Er findet überhaupt nichts heraus.

– Vielleicht war da nichts zu finden, Sir, sagt Felix und reizt die schwere Limousine auf der Überholspur voll aus.

– Es läßt sich immer etwas finden, Felix, sagt der Baron. Glauben Sie mir. Immer.

– Mein Freund denkt daran, seine Dienste nicht länger in Anspruch zu nehmen, sagt der Baron nach einer Weile. Er kann nicht ewig warten.

– Tut mir leid, das zu hören, Sir, sagt Felix.

– Oder soll ich ihn noch um etwas mehr Geduld bitten, Felix?

– Ich möchte mich da nicht einmischen, Sir.

– Natürlich, Felix, sagt der Baron. Das verstehe ich.

Er reckt sich, um eine bequemere Position zu finden. Er schaut auf die Uhr.

– Sportnachrichten, Felix, sagt er. Sportnachrichten.

Und später, als, wie seit ewigen Zeiten an jedem Samstagabend, James Alexander Gordon die Endresultate verliest:

– Ach, Nottingham Forest. Erinnern Sie sich noch an ihre glorreichen Tage? Wie tief sind sie gefallen! Wie tief sind sie gefallen!

Als Felix schließlich in der Einfahrt des großen Hauses in Highgate hält, scheint der Baron eingeschlafen zu sein. Felix hustet verhalten und der Baron öffnet die Augen.

– Sind wir da, Felix? fragt er.

– Wir sind da, Sir.

– Ausgezeichnet, sagt der Baron und richtet sich auf.

– Wenn Sie gestatten, Sir, sagt Felix und hat das Taschentuch schon bereit.

– O diese Mädels! Der Baron kichert, während Felix ihm vorsichtig Kinn und Wangen abwischt. Sie werden eines Tages mein Tod sein.

Felix steckt das Taschentuch wieder ein.

– Was meinen Sie, Felix? fragt der Baron.

– Nicht bei Ihrer Kondition, Sir, sagt Felix.

– Wirklich, Felix?

– Ganz sicher, Sir.

– Danke, Felix, sagt der Baron. Sie machen mir Mut.

22

Im Hinterzimmer des Restaurants spielen Charlie und Lino Schach.

– Charlie, sagt Lino, könntest du ein paar Fotos vom Restaurant machen? Als Werbung?

– Solche Fotos mach ich nicht, Lino, sagt Charlie.

– Aber du könntest schon?

– Kein Problem, sagt Charlie. Aber ich machs nicht.

– Auch nicht für mich? sagt Lino.

Charlie zieht einen Bauer vor.

– Ich zahle natürlich, sagt Lino.

– Wie viel?

– Endlich ein vernünftiges Wort, sagt Lino und schlägt den Bauern mit dem Läufer.

– Ich sag dir, was ich will, und du sagst mir, was das kostet.

Charlie sieht auf seine Uhr. – Ich muß los, sagt er und schiebt seinen Stuhl zurück.

– Mach das Spiel fertig, sagt Lino. Mach das Spiel fertig. Du hast jede Menge Zeit.

– Nein, sagt Charlie.

Er geht zum Kleiderständer und nimmt sein Jackett vom Haken.

– Ich wollte dich was fragen, über deinen Freund, sagt er beim Anziehen.

– Welchen Freund?

– Alphonse.

– Kennst du ihn?

– Ist er ein guter Freund?

– Mehr als ein Freund, sagt Lino. Wir sind Brüder.

– Brüder?

– Wie Brüder. Schon in der alten Heimat.

– Ich dachte, er kommt aus Ungarn.

– Ungarn? Wer hat dir das denn erzählt?

– Hab ich gehört.

– Nein, nein, sagt Lino. Er kommt aus meinem Heimatdorf. Wer hat das mit Ungarn gesagt?

– Das hat er Natascha erzählt.

– Er kennt Natascha?

– Ja. Und er hats ihr erzählt.

– Er macht Scherze. Du mußt nicht alles glauben, was er sagt. Nimm es mit Humor.

– Mit Humor?

– Genau.

– Warum sollte er sie anlügen?

– Das ist keine Lüge, sagt Lino. Nur ein Scherz.

– Den Scherz kapier ich nicht, sagt Charlie. Kannst du ihn mir erklären?

– Nur ein Scherz, sagt Lino. Keine Lüge. Nein.

– Er soll Clown gewesen sein? Stimmt das?

– Aber sicher. Und was für einer! Du hättest ihn sehen sollen. Er nannte sich Banjo.

– Banjo? Und woher kommt Alphonse?

– Aus meinem Heimatdorf. Hab ich doch gesagt.

– Nein. Woher kommt der Name?

– Von Alfonso, sagt Lino.

– Und warum spricht er sich französisch aus?

– Er ist ein verrückter Kerl, sagt Lino. Ein echter Scherzkeks.

– Ach so, sagt Charlie.

– Wir besprechen das am Telefon, was, Charlie? sagt Lino und begleitet ihn zur Tür. Ich sag dir, was ich will, und du sagst mir, was das kostet, okay?

– Okay, sagt Charlie.

23

Giles öffnet im Nadelstreifenanzug, und sein Willkommenslächeln erstarrt.

– Das ist meine Freundin Rosie, sagt Natascha. Ich hoffe, Sie haben nichts dagegen, daß ich sie mitgebracht habe?

– Ich hatte nur mit Ihnen gerechnet, sagt Giles.

– Rosie interessiert sich sehr für Beuys, sagt Natascha. Ich wollte so gern, daß sie die Zeichnungen sieht.

Er steht in der Tür.

– Also? sagt sie. Dürfen wir reinkommen?

– Sicher, sagt er. Sicher.

– Kopf hoch, sagt sie, als sie an ihm vorbei stürmt. Davon geht die Welt nicht unter.

– Tash hat wahnsinnig von Ihrer Sammlung geschwärmt, sagt Rosie, als sie in der Halle stehen.

– Tash? sagt Giles.

– Mein Spitzname, sagt Natascha.

– Warum?

– Weiß der Himmel, sagt sie.

– Schon gut, sagt er zu Rosie. Sie hätten

mir vorher Bescheid geben können, flüstert er Natascha zu.

– Seien Sie nicht so kleinlich, sagt sie.

Er geht voraus nach oben.

– Sie hätten mir vorher Bescheid geben können, sagt er noch mal zu Natascha, während Rosie die Zeichnungen betrachtet.

– Jetzt ist es aber gut, sagt sie und stellt sich neben ihre Freundin.

– Was meinen Sie? fragt Giles und kommt von der anderen Seite.

– Interessant, sagt Rosie.

– Ich hoffe, ich kann nächste Woche noch zwei weitere erwerben, sagt er. Sie werden in Düsseldorf versteigert.

– Ach, ja?

– Das geschieht nur ganz selten, sagt er.

– Fahren Sie selbst hin? fragt Natascha.

– Aber ja, sagt er. Das mach ich immer. Wollen Sie mitkommen?

– Mal sehen, sagt Natascha.

– Mit dem hier, sagt er, hatte ich unwahrscheinliches Glück. Sie stammt aus dem Nachlaß des Grafen Fab …

– Kann ich einen Kaffee bekommen? sagt Natascha.

– Ja, sicher. Aber lassen Sie Ihre Freundin doch erst in Ruhe schauen.

– Ich brauch dringend einen Kaffee, sagt Natascha.

– Ich bin fast fertig, sagt Rosie.

– Also, wie ich schon sagte, sagt Giles, die stammen aus dem Nachlaß des Grafen Fabrizo Fontanelli. In den Achtzigern hat seine Witwe ...

Es klingelt an der Tür. – Verdammt, sagt Giles. Entschuldigen Sie mich, sagt er und eilt aus dem Zimmer.

Sie folgen ihm treppabwärts.

– Nur die Gelben Seiten, sagt er betrübt, schließt die Tür und schaut zu ihnen hoch. Ich hoffe immer auf Post.

– Können wir jetzt einen Kaffee bekommen? sagt Natascha.

– Haben Sie genug gesehen?

– Im Augenblick ja, danke, sagt Rosie.

Er öffnet die Tür zum Wohnzimmer. – Machen Sie es sich bequem, sagt er. Bin gleich wieder da.

– Wir können doch mit in die Küche kommen, sagt Natascha.

– Nein, nein. Machen Sie es sich bequem. Bin gleich wieder da.

– Dürfen wir noch den Braque sehen? fragt Rosie, als sie schließlich bei Kaffee und Gebäck sitzen.

– Sie interessieren sich für Braque?

– Nicht so wie für Beuys. Aber wenn ich schon mal hier bin …

– Sicher, sagt er. Bilder, sag ich immer, sind dazu da, betrachtet zu werden. Aber jetzt wollen wir erst einmal Kaffee trinken.

– Wo ist Helene? fragt Natascha.

– Sie ist … nicht da, sagt er.

– Schade, sagt Natascha.

Er steht auf. – Wollen wir uns den Braque ansehen? fragt er.

Sie folgen ihm ins Arbeitszimmer.

* * *

Charlie schlüpft in den Vorgarten des Hauses auf der anderen Straßenseite und richtet die Kamera durch ein Loch in der Hecke auf die Haustür gegenüber.

– Entschuldigung.

Er ist so mit seiner Kamera beschäftigt, daß er nicht gleich merkt, daß er gemeint ist.

– Entschuldigung.

Er dreht sich um. Eine Frau lehnt sich aus dem Parterrefenster, die Haare wehen ihr ins Gesicht. – Kann ich Ihnen behilflich sein? fragt sie zuckersüß.

– Nein danke, sagt er. Ich stell die Kamera gerade scharf.

– Dies ist kein öffentlicher Durchgang, wissen Sie, sagt sie.

Er richtet sich auf. – Ist das Ihr Haus?

– Und Garten, sagt sie.

– Macht es Ihnen was aus, wenn ich hier stehe? Ich muß das Haus da gegenüber filmen.

– Müssen Sie? sagt sie. Warum?

– Ich muß einfach.

– Warum?

– Ich bin Künstler.

– Wieso das Haus?

– Es reizt mich.

– Das geht nicht. Jedenfalls nicht hier, sagt sie. Wenn Sie nicht sofort verschwinden, hol ich die Polizei.

– Ich zeig Ihnen auch den Film, sagt er und grinst sie an.

– Wenn Sie nicht sofort verschwinden, hol ich die Polizei.

Er seufzt. Dann packt er die Kamera pfeifend ein.

– Wer ein privates Grundstück betreten will, sagt sie, fragt vorher.

– Hätten Sie mich gelassen, wenn ich gefragt hätte?

– Nein, sagt sie.

Sie schließt geräuschvoll das Fenster und sieht ihm durch die Scheiben nach, bevor sie verschwindet.

Charlie geht pfeifend die Straße entlang, sieht sich verstohlen um und duckt sich in den nächsten Vorgarten.

24

– Das sollte nicht allzu schwierig sein, sagt Lino zu dem Mann in Amsterdam. Es gibt eine Alarmanlage, klar, aber das wars schon. Würd mich nicht wundern, wenn sies auf die Versicherung abgesehen haben.

– Du meinst, der hats drauf angelegt, daß es geklaut wird?

– Würd mich nicht wundern, sagt Lino.

– Er wills uns leicht machen?

– Würd mich nicht wundern, sagt Lino wieder.

– Hoffentlich hast du Recht.

– Und ob ich Recht habe, sagt Lino. Aber es ist groß. Man braucht einen Laster.

– Ich besorg einen. Wann soll die Sache steigen?

– Ich sag Bescheid, sagt Lino.

25

– Hier ist Isabelle, sagt Natascha.

– Ja?

– Hören Sie, es tut mir leid wegen neulich. Die wollte unbedingt die Bilder sehen.

– Sie hätten mir vorher Bescheid sagen können.

– Kann ich in den nächsten Tagen noch mal alleine kommen?

– Und wann sollte das sein?

– Heute nicht, sagt Natascha, sonst jederzeit.

– Ich ruf zurück, sagt er. Ich muß erst nachsehen.

– Sehen Sie nach, sagt sie.

– Ich seh, was sich machen läßt.

– Ich glaub, ich kann das nicht, sagt sie zu Alphonse, als sie den Hörer auflegt.

– Klar kannst du.

– Von dem krieg ich Gänsehaut.

– Du mußt doch nichts machen.

– Glaubst du? sagt sie. Du glaubst, ich muß nichts machen?

– Nun mach mal einen Punkt, sagt er. Was ist los mit dir?

– Du solltest deinen Kopf untersuchen lassen, sagt sie, wenn du glaubst, ich muß nichts machen.

– Ich meins ernst. Echt wahr. Mit dem Typ wird man spielend fertig.

– Denn geh du doch.

– Er will nicht mich, er will dich.

– Vielleicht ist er durcheinander. Vielleicht will er dich.

– Meine liebe Isabelle, sagt er.

– Ich bin nicht deine liebe Isabelle, sagt sie.

– Aber du gehst, klar?

– Mal sehen, sagt sie.

– Bring ihn auf den Geschmack, sagt er, und nächstes Mal komm ich mit der Kamera und bingo.

– Mal sehen, sagt sie wieder.

– Wo bleibt die Zusammenarbeit, wenn wir nicht zusammen arbeiten?

– Das war deine Idee, sagt sie.

– Klar war das meine Idee. Seit ich gesehen habe, wie du die Brieftasche geklaut hast, weiß ich, daß wir gut zusammenarbeiten können.

– Ich finde das keine so gute Idee, sagt sie.

– Isabelle, sagt er. Ich brauch dich.

– Ich finde das keine gute Idee. Ich muß an meine Karriere denken.

– Deine was? sagt er.

– Meine Kunst, sagt sie.

– *Das* ist deine Kunst, Isabelle, sagt er. Glaub mir. Ich hab gesehen, wie er dich ansieht. Ich hab gesehen, wie der Baron dich ansieht. *Das* ist deine Kunst.

26

– Sie schon wieder, sagt sie.

– Hi! sagt Charlie.

– Hab ich Ihnen nicht gesagt, Sie sollen aus meinem Garten verschwinden?

– Stellen Sie sich doch nicht so an, sagt er.

– Wer sind Sie eigentlich?

– Ich heiße Charlie.

– Charlie, Sie nehmen jetzt Ihre Kamera und verschwinden aus meinem Garten. Ich will nicht, daß Sie hier herum schleichen. Arbeiten Sie für eine Zeitung?

– Wie gesagt, ich bin Künstler.

– Was heißt das?

– Das heißt, ich arbeite für mich. Ich würde Sie gern filmen, sagt er und lächelt sie an. Und ich würde Sie gern fotografieren.

Sie steigt die Treppe hoch zur Haustür, in jeder Hand eine Einkaufstüte.

– Wenn Sie nicht in drei Minuten aus meinem Garten verschwunden sind, hol ich die Polizei.

– Was hat denn die Polizei damit zu tun?

– Die sorgt dafür, daß Sie aus meinem Garten verschwinden.

– Wir müssen reden, sagt er. Darf ich Sie fotografieren?

Sie steckt den Schlüssel ins Schloß und stößt die Tür auf.

– Nun stellen Sie sich doch nicht so an, sagt er. Ich brauch Ihren Garten für mein Projekt.

– Was für ein Projekt?

– Darf ichs Ihnen erklären?

– Hauen Sie ab, sagt sie. Hauen Sie bloß ab. Und kommen Sie nicht wieder. Kapiert?

* * *

– Nur ein paar Innenaufnahmen, sagt Lino. Ganz geschmackvoll. Und eine Außenaufnahme. Und vielleicht eine oder zwei mit der ganzen Belegschaft. Mit Vittorio. Dem Küchenchef. Verstehst du.

– Ich bin kein Fotograf, Lino, sagt Charlie.

– Ich zahl gut, sagt Lino. Nun mach schon.

– Wie gut? sagt Charlie und starrt die Wand an.

– Zeig mir die Fotos, dann bezahl ich dich, sagt Lino.

– Ich bin teuer, sagt Charlie.

– Wenn sie gut sind, zahl ich gut.

– Kannst du dir keinen Profi holen?
– Ich möchte, daß es in der Familie bleibt.
– Ich gehöre nicht zur Familie, Lino.
– Du weißt, was ich meine, sagt Lino. Nun mach schon.
– Und du überläßt das ganz mir? fragt Charlie und zieht den Turm.
– Du läßt mich schon nicht hängen, sagt Lino. Das weiß ich, Charlie. Rosie sagt, du bist der beste.
– Du glaubst ihr?
– Ich geb was auf ihr Urteil, sagt Lino. Schach.
– Ich muß drüber nachdenken, sagt Charlie.
– Aber denk nicht zu lange, Charlie, sagt Lino. Ich brauch die für meinen Prospekt.
– Du hast mich geschlagen, sagt Charlie.
– Ja, sagt Lino, diesmal hab ich dich geschlagen.
– Ich machs, für dich, sagt Charlie. Als Zeichen der Freundschaft.
– Weiß ich, Charlie, weiß ich doch, sagt Lino und packt die Figuren wieder ein. Wir sind hier unter Freunden. Und ich zahl dir, was du verlangst.

27

– Der Schlüssel hat nicht gepaßt, sagt Helene zu ihrem Mann, als er nach Hause kommt.

– Dann wars der falsche Schlüssel.

– Nein, wars nicht. Ich mußte durch die Küche ins Haus. Aber jetzt paßt der Schlüssel wieder.

– Du hattest den falschen Schlüssel, sagt er.

– Hatte ich nicht. Und außerdem war jemand im Garten.

– Was meinst du damit?

– Ich hätte schwören können, da war jemand. Ich hab ihn gesehen, als ich ums Haus ging. Hinter der Buche.

– Du hast geträumt, sagt er.

– Ich hab gerufen, er soll rauskommen, aber er kam nicht. Er hat sich nicht bewegt.

– Da haben wirs. Du hast dir das nur eingebildet.

– Komm, sagt sie.

– Wohin?

– Ich will dir was zeigen.

– Muß das sein? fragt er und folgt ihr auf die

Veranda und die schmiedeeiserne Treppe hinunter in den kleinen Garten.

– Du wirst schon sehen, sagt sie.

Sie stapft bis zum Garten-Ende, hinter die große Blutbuche, und zeigt auf den Boden.

– Eine Zigarettenkippe, sagt er. Ja und?

– Glaubst du mir jetzt?

– Was soll ich dir glauben?

– Hier war jemand. Hinter dem Baum.

– Und hat eine Zigarette geraucht?

– Woher soll ich das wissen? sagt sie. Er hat mich daran gehindert, die Haustür zu benutzen, damit ich zum Hintereingang gehe. Er hat auf mich gewartet.

– Aber wenn er auf dich gewartet hat, warum hat er sich nicht zu erkennen gegeben?

– Ich weiß es nicht, sagt sie. Ich weiß überhaupt nichts mehr. Sie weint.

– Willy könnte sie über die Mauer geworfen haben, sagt er.

– Er hat aufgehört.

– Vielleicht hat er wieder angefangen.

– Hat der je was über die Mauer geworfen?

– Dann ein Passant.

– Sie war ausgedrückt.

– Dann hat er sie ausgedrückt und über die Mauer geworfen.

– Mehr fällt dir nicht ein?

– Es war der Wind.

– Hast du keine Augen im Kopf? sagt sie. Die ist im Gras ausgedrückt worden.

Er beugt sich vor und schaut. – Nicht unbedingt, sagt er.

– Sondern?

– Es war der Wind.

– Verstehe, sagt sie.

Er will zum Haus zurückgehen. Sie unterdrückt einen Schrei. – Was ist passiert? ruft er und wirbelt herum.

– O mein Gott, sagt sie unter dem Baum hockend, die Hand auf der Schulter.

– Helene! sagt er und eilt zu ihr. Was ist passiert?

– Der Kater, sagt sie und fängt wieder an zu weinen.

– Da! sagt sie und zeigt. Da! Auf der Mauer!

– Hat er sich auf dich fallenlassen?

– Das Mistvieh! sagt sie. Ich hätte eine Fehlgeburt haben können. Der gehört erschossen. Sch! Sch!

Der Kater verschwindet über die Mauer.

– Ob der wohl angefangen hat zu rauchen? sagt Giles.

– Du bist unmöglich! sagt sie. Unmöglich!

– Komm, sagt er und hilft ihr hoch. Komm ins Haus.

– Laß mich! sagt sie und wischt sich mit dem Ärmel die Augen. Laß mich bloß in Ruhe! Laß mich bloß in Ruhe!

Er folgt ihr ins Haus.

28

Nach der Anstrengung nehmen Natascha und der Baron im U Choose in Covent Garden eine kleine Erfrischung zu sich.

– Ich war nicht mehr so erschöpft seit dem London Marathon, sagt der Baron mit hochrotem Gesicht unter den weißen Locken.

– Sie? sagt sie. Sie waren beim London Marathon?

– Was hätten Sie gern als Nachtisch?

– Erdbeeren, bitte.

– Mit Sahne?

– Ja, bitte.

Nach der Bestellung sagt sie: – Das glaub ich nicht, Sie beim London Marathon?

– Die reine Wahrheit, sagt er. Ich war ein ziemlich guter Läufer damals.

Ihre blauen Augen werden noch etwas größer.

– Versuchen Sie, Eindruck auf mich zu machen?

– Würde mir nicht im Traum einfallen, sagt er. Er schüttelt seine Arme aus.

– Ich hab neulich gelesen, daß die Ärzte uns älteren Semestern raten, es beim Tanzen gemächlich angehen zu lassen. Man kann sich offenbar leicht eine Zerrung zuziehen.

– Sie können sich gar nichts zuziehen, sagt sie. Sie sind der fitteste alte Mann, dem ich je begegnet bin.

– Danke, sagt er.

– So hab ich das nicht gemeint, sagt sie. Tut mir leid. Ich hab den Abend wirklich sehr genossen.

Die Erdbeeren kommen.

– Ich war seit einer Ewigkeit nicht mehr tanzen, sagt sie. Ich hab das echt gebraucht.

– Warum?

– Warum was?

– Warum waren Sie nicht tanzen?

– Ich hatte Streit mit meinem Freund.

– Mit Alphonse?

– Welcher Alphonse?

– Ich dachte …

– Lächerlich! sagt sie.

– Ich dachte …

– Ich hab ein Zimmer in seiner Wohnung, mehr nicht.

– Mehr nicht?

– Was dachten Sie denn?

– Ich weiß wirklich nicht, was ich denken soll.

Sie essen schweigend ihre Erdbeeren.

– Keine meiner Frauen hatte auch nur die geringste Lust zu tanzen, sagt er. Obwohl Elsbeth sogar so etwas wie eine Tänzerin war, als ich sie kennenlernte.

– Was heißt das?

– Sie machte eine Ausbildung an *The Place*, der Martha-Graham-Schule für Modernen Tanz.

– Und dann?

– Was dann?

– Hat sie Karriere gemacht?

– Nicht wirklich, sagt er.

– Warum nicht?

– Da müssen Sie sie selbst fragen, sagt er.

– Damit kann man nicht groß rauskommen, sagt sie. Nicht mit Modernem Tanz.

– Da müssen Sie sie selbst fragen, sagt er.

– Die waren köstlich, sagt sie.

– Bestellen Sie noch eine Portion.

– Darf ich?

– Aber gern.

– Sie tanzen toll, sagt sie, während sie auf die zweite Portion Erdbeeren warten.

– Finden Sie?

– Kommen Sie, sagt sie. Sie wollen nur mehr Lob hören.

– Gar nicht, sagt er. Das war eine ehrliche Frage.

– Wenn ichs Ihnen doch sage, sagt sie.

– Ich galt seinerzeit als passabler Tänzer, sagt er. Doch das ist lange her.

– Sie haben genau den richtigen Körper, sagt sie.

– Liebe Isabelle, sagt er. Was für eine seltsame junge Frau Sie sind.

– Wieso?

– Ich weiß nie, was Sie als nächstes sagen.

– Aber das weiß man doch nie, oder? sagt sie.

– Sie wären überrascht, wie berechenbar die meisten sind. Sie sind das genaue Gegenteil.

– Ich?

– Sie. Und jetzt? sagt er. Was hätten Sie jetzt gern? Die haben hier ausgezeichnete Kuchen.

– Ich hab einen Wolfshunger, sagt sie. Immer nach dem Tanzen, tut mir leid.

– Es freut mich, daß es Ihnen schmeckt, sagt er.

29

Als sie ihren vollgepackten Einkaufswagen zur Kasse schiebt, stellt sich ihr plötzlich ein Mann in den Weg.

– Hallo, sagt er.

– Kennen wir uns?

– Ich bin der aus Ihrem Vorgarten.

– Ach der.

Sie versucht, den Einkaufswagen an ihm vorbei zu schieben.

– Nein, nein, sagt er. Bitte.

– Bitte, was?

– Laufen Sie doch nicht weg. Ich möchte Sie gern zum Kaffee einladen.

– Aus dem Weg, sagt sie.

– Bitte, sagt er. Ich möchte es Ihnen erklären, mich entschuldigen.

– Nicht nötig, sagt sie.

– Ich möchte Aufnahmen von Ihnen machen, sagt er.

– Von mir? Warum?

– Weil Sie schön sind.

– Ach was, sagt sie und versucht an ihm vorbeizukommen.

– Ich mach wunderbare Aufnahmen von Ihnen, sagt er.

– Hören Sie, sagt sie. Sie lassen mich jetzt vorbei oder ich hol jemanden vom Personal.

Er tritt zurück, und sie schiebt den Einkaufswagen vorbei.

Am Ausgang wartet er schon auf sie. – Lassen Sie mich die Taschen tragen, sagt er.

– Nein, nein, sagt sie. Ich schaff das schon alleine.

– Bitte.

Er nimmt ihr eine Einkaufstasche ab. – Wie wärs mit einem Kaffee gleich hier.

Sie folgt ihm hinein. – Ich weiß nicht, warum ich das mache, sagt sie, als sie sich an einen Ecktisch setzen.

– Aus Höflichkeit, sagt er. Sie wollen meine Gefühle nicht verletzen.

– Das wirds wohl sein, sagt sie.

– Ich heiße Charlie, sagt er und streckt seine Hand über den Tisch.

– Und ich Karen.

– Hallo, Karen.

– Weswegen wollten Sie mich sprechen?

– Wegen gar nichts, sagt er. Ich wollte einfach nur so mit Ihnen sprechen. Ich möchte Sie dazu bewegen, mir Modell zu stehen.

– Wie kommen Sie darauf, daß ich so was mache?
– Einfach, weil ich Sie als Modell haben möchte.
– Sie sind Künstler?
– Video-Künstler. Derzeit.
– Was heißt das?
– Man entwickelt sich weiter.
– Was machen Sie mit der Haustür gegenüber?
– Ich arbeite an einer Serie über Haustüren, sagt er.
– Was ist mit denen?
– Türen interessieren mich.
– Gibts einen besonderen Grund?
– Sie interessieren mich eben.
– Muß ja wohl, wenn Sie darüber eine Serie machen. Ich möchte wissen, warum?
– Denken Sie drüber nach, sagt er.
Der Kellner bringt den Kaffee.
– Warum gerade diese?
– Warum nicht? Es gibt so viele Türen, daß man gewisse Kriterien aufstellen muß.
– Welche Kriterien?
– Berufsgeheimnis, sagt er. Tut mir leid.
– Wie weit sind Sie mit Ihrer Serie? fragt sie und schüttet den Inhalt des Zuckertütchens in den Kaffee.
– Ich hab bisher ein Restaurant. Und ein Warenhaus.

– Wie umfangreich soll die Serie werden?

– Also, sagt er. Zuerst hatte das alles mit meiner Vergangenheit zu tun. Verstehen Sie. Die Straßen, wo ich gewohnt habe. Die Häuser, in denen ich gewohnt habe. Aber das wurde zu eintönig und sowieso zu persönlich. Da hab ich die Kriterien erweitert.

– Finden Sie eine Haustür was Persönliches?

– Sie sind so schön, Karen. Darf ich Aufnahmen von Ihnen machen?

– Vielleicht, sagt sie.

– Sagen Sie ja.

– Ich weiß noch nicht.

– Ich würde mich ganz nach Ihnen richten, sagt er. Ich kann mir meine Zeit einteilen …

– Anders gings auch nicht, sagt sie. Ich hab einen sehr eifersüchtigen Mann und eine fordernde Tochter.

– Was fordert sie?

– Hören Sie, sagt sie. Kann ich Sie anrufen?

– Sicher. Hier ist meine Karte. Ich warte auf Ihren Anruf. Ungeduldig.

Sie steht auf.

– Nein, sagt sie, als er seinen Stuhl zurückschiebt. Ich schaff das schon. Danke.

– Ich höre von Ihnen? sagt er.

– Mal sehen, sagt sie.

30

Aber diesmal kommen Sie allein? fragt Giles.

– Sicher, sagt Natascha.

– Sagen Sie das nicht, sagt Giles. Letztes Mal hatten Sie eine Freundin dabei, als ich nur mit Ihnen gerechnet habe.

– Sicher, sagt Natascha. Sie wollte Ihre Bilder sehen.

– Sagen Sie nicht dauernd sicher, sagt Giles. Das nervt.

– Hey, sagt Natascha. Ganz ruhig. Keine Aufregung.

– Was meinen Sie? sagt er.

Als sie schweigt, sagt er: – Es ist gar nicht so einfach, das zu organisieren, wissen Sie.

– Ihr Problem, sagt Natascha.

– Sicher ist das mein Problem, sagt er. Was ist los mit Ihnen?

– Ganz ruhig, sagt sie.

– Wollen Sie jetzt kommen oder nicht? sagt er. Das liegt ganz bei Ihnen.

– Sicher liegt das bei mir.

– Also, kommen Sie?

– Nein, sagt sie. Ja.

– Ja oder nein?

– Ja, sagt sie.

– Ich ruf zurück, sagt er.

Sie legt den Hörer auf. Zu Alphonse sagt sie: – Ich kann das nicht.

– Sicher kannst du, mein Püppchen, sagt er.

– Hör auf damit, sagt sie.

– Tschuldigung, sagt er. Nur ein Scherz.

– Ich mag deine Scherze nicht.

– Isabelle, sagt er. Du ziehst das jetzt durch, weil wir das so abgemacht haben. Ist das klar?

– Verstehe, sagt sie.

– Und noch was, sagt er. Ich dachte, ich hätte klargemacht, daß du die Finger von meinen Sachen lassen sollst.

– Was meinst du damit?

– Ich meine damit, daß jemand meine Sachen durchsucht hat. Das gefällt mir nicht, Isabelle. Echt nicht.

– Warum sollte ich deine Scheiß-Sachen durchsuchen?

– Wenn dus nicht warst, wer dann?

– Keine Ahnung, sagt sie.

– Du wirst nichts finden, sagt er. Es gibt nichts zu finden. Ich hab keine Geheimnisse.

– Hör auf mit dem Scheiß, sagt sie.

– Siehst du das hier? sagt er.

– Leg das weg, sagt sie. Leg das weg.

– Glaubst du, ich kann damit nicht umgehen?

– Klar kannst du damit umgehen. Das letzte Mal hast du damit ein Loch in die Decke geschossen.

– Das war kein Zufall, sagt er. Ich warne dich zum letzten Mal, Isabelle. Halt Alphonse nicht zum Narren.

– Schon klar, sagt sie. Jetzt legs schon weg.

Er legt die Pistole zurück in die Schublade und steckt die Schlüssel ein. Er grinst sie an. – Du nimmst mich nicht ernst, Isabelle, sagt er. Du wirst dich noch wundern.

– Träum weiter, sagt sie.

31

– Papa, sagt Rosie. Charlie und ich wollen heiraten.

– Heiraten? sagt Lino. Den?

– Was paßt dir nicht an ihm?

– Er ist Künstler.

– Und? Ich bin selbst Künstlerin, Papa.

– Nein, nein, *Cara*, du bist Kunst-Studentin.

– Und? Ich bin Kunststudentin, weil ich Künstlerin werden will.

– Bei einer Frau ist das was anderes, sagt er.

– Du bist hoffnungslos altmodisch, du lebst im vorigen Jahrhundert, Papa. Egal, wir wollen heiraten.

– Nicht solange ich lebe, sagt er.

– Warum nicht, Papa?

– Er ist ein Künstler, *Cara*, deswegen. Er hat keinen Job.

– Sein Job ist es, Künstler zu sein, Papa.

– Dann soll er mir seinen Kontostand zeigen, *Cara*, sagt Lino. Bis dahin will ich kein weiteres Wort davon hören. Verstanden?

– Ach, Papa, sagt sie.

– Das hab ich jetzt davon, daß ich dich auf die Kunstschule geschickt habe.

– Aber du magst ihn doch, Papa. Du magst seine Arbeit. Du hast ihn sogar gebeten, Fotos für dich zu machen.

– Er macht gute Bilder, sagt Lino. Und er ist billiger als ein Profi.

– Erfolgreiche Künstler verdienen viel mehr als du, Papa, sagt sie.

– Wie viele erfolgreiche gibt es?

– Charlie wird Erfolg haben.

– Schön, sagt er. Freut mich. Wenn er Erfolg hat, können wir weiter reden.

– Nein, Papa, wir wollen jetzt heiraten.

– Er kann jederzeit heiraten, sagt Lino. Wer soll ihn daran hindern? Aber nicht dich.

– Ich hab wir gesagt, sagt sie.

– *Cara*, sagt er, nun fang nicht wieder mit dem Unsinn an. Wenn er will, kann er zu mir kommen und seinen Kontoauszug mitbringen. Selbst dann kann ich nichts versprechen. Er ist unzuverlässig.

– Er ist wunderbar, sagt sie.

– Wunderbar, aber unzuverlässig.

– Das wird dir noch leid tun, Papa.

– Geh jetzt, sagt er. Du machst mich wütend.

– Das wird dir noch leid tun, wiederholt sie.

32

– Führen Sie mich durch Ihr Haus? fragt Charlie.

– Warum? sagt Karen.

– Mich interessiert, wie andere Menschen wohnen.

– Ich glaub nicht.

– Sie glauben nicht, daß mich interessiert, wie andere wohnen?

– Ich glaube nicht, daß ich Sie durchs Haus führe.

– Zeigen Sie mir Ihr Arbeitszimmer.

– Warum?

– Ich möchte sehen, wo Sie arbeiten.

– Na schön, sagt sie.

Sie geht vor ihm die Treppe hinauf, öffnet eine Tür, tritt einen Schritt zurück und läßt ihn eintreten.

– Sehr schön, sagt er.

Er geht zum Fenster.

– Sehr schön, sagt er noch mal.

– Was?

– Der Blick.

– Welcher Blick? sagt sie.

– Ihr Schriftsteller, sagt er. Wo habt ihr eure Augen.

– Ich bin kein Schriftsteller, sagt sie. Ich bin nur eine bescheidene Übersetzerin.

Er bleibt am Fenster stehen.

– Kommen Sie, sagt er.

Sie tritt zu ihm ans Fenster.

– Bleiben Sie da stehen, sagt er. Schauen Sie nach draußen.

– Was haben Sie vor?

– Nur stehenbleiben. Nach draußen schauen. Schauen Sie auf die Straße hinunter.

– Machen Sie jetzt ein Foto von mir?

– Was denken Sie?

Sie dreht sich um und schaut ihn an und er knipst erneut.

– Warum gerade hier?

– Das ist Ihr Arbeitszimmer. Da fühlen Sie sich wohl.

– Können wir wieder runtergehen?

– Klar.

– Wofür sind die? fragt sie.

– Moment, sagt er auf der Treppe und knipst sie erneut, als sie sich umdreht und zu ihm hoch sieht.

– Wofür sind die? fragt sie noch mal.

– Ich weiß noch nicht. Ich mag Fotos von Frauen in Häusern. Häuser sind ein Teil von uns.

– Manchmal, sagt sie.

– Wie meinen Sie das?

– Weiß ich nicht, sagt sie. Kommen Sie, ich mach uns Kaffee.

– Sind Sie mir böse, wenn ich keinen Kaffee nehme?

– Was möchten Sie dann?

– Ich sollte längst weg sein.

– Schon?

– Ja, sagt er. Aber ich würde gern wiederkommen. Jetzt, wo ich das Haus kenne. Und Sie. Und ich möchte noch ein paar Bilder schießen.

– Wollen Sie wirklich schon gehen?

Er lächelt sie an. – Nein, sagt er. Aber ich muß. Wirklich.

Er küßt sie auf die Wange: – Darf ich Sie anrufen?

– Vormittags, sagt sie. Sie können mich immer vormittags erreichen. Nach neun. Vor elf.

33

– Warum, sagt Natascha zum Baron, haben Sie Alphonse den Auftrag gegeben, Ihre Frau zu beschatten?

– Wirklich, Isabelle, sagt er.

– Warum? fragt sie noch mal.

Er steht mit ihr an einem wunderbaren Frühlingsabend auf dem Rasen vor seinem Haus mit Blick auf Hampstead Heath.

– Ich möchte nicht darüber reden, sagt er.

– Alphonse hat es mir erzählt, sagt sie. Er hat gesagt, Sie hätten ihm den Auftrag gegeben, Ihre Frau im Auge zu behalten.

– Das hätte er nicht tun dürfen, sagt der Baron. Das war höchst unprofessionell von ihm.

– Er war betrunken, sagt sie.

– Ist er oft betrunken?

– Wenn er betrunken ist, fängt er an zu singen, sagt sie. Sentimentale ungarische Balladen. Und spielt dazu auf seiner Quetschkommode.

– Ich werde ihn sowieso feuern, sagt der Baron.

– Weil ich das erzählt habe?

– Weil ich höchst unzufrieden mit ihm bin.

– Haben Sie ihn beauftragt, sie umzulegen? fragt sie.

– Wie bitte?

– Er hat mir erzählt, daß er so was früher schon gemacht hat, sagt sie, und angedeutet, er habe im Augenblick wieder so was laufen.

– Meine liebe Isabelle! sagt er.

– Ich möchte nicht in so was hineingezogen werden, sagt sie.

– Warum sollte ich sie umbringen wollen? fragt er.

– Woher soll ich das wissen? sagt sie. Vielleicht möchten Sie, daß sie tot ist.

– Ich mag sie nicht, sagt er. Wir sprechen nicht mehr miteinander. Aber deshalb will ich sie doch nicht gleich umbringen.

– Warum lassen Sie sie dann beschatten?

– Wissen Sie, sagt er, ich bin mir nicht sicher. Vielleicht ist es reine Neugier.

– Neugier? sagt sie.

– Ich möchte gern wissen, ob sie einen Liebhaber hat.

– Sie sollten froh sein, wenn sie einen hat, sagt sie.

– Liebe Isabelle, sagt er. Ich weiß wirklich nicht, warum Sie Ihre Gedanken an so morbide

Dinge verschwenden. Das geht Sie doch gar nichts an.

– Mir gefällt die Vorstellung nicht, daß um mich herum Leute umgebracht werden, sagt sie. Und daß die Kanone dann in meinem Gepäck gefunden wird und dergleichen.

– Wie kommen Sie nur auf so was? sagt er. Das paßt gar nicht zu Ihrer Tanzleidenschaft.

– Wenn mir die Polizei einen Mord anhängt, ist Schluß mit Tanzen, sagt sie.

– Sie haben zu viele Filme gesehen, sagt er. Hier gibts keine Kanonen und niemand wird umgebracht.

– Gibts wohl, sagt sie. Alphonse hat eine.

– Isabelle, sagt er, Sie sollten sich von dem Mann fernhalten. Ich halte ihn für höchst unzuverlässig.

– Ich bin bei ihm umsonst untergekommen, sagt sie. Er hat mir eine Bleibe angeboten, als ich von meinem Freund wegwollte.

– Ist er komisch? fragt er.

– Komisch? sagt sie.

– Ich dachte, vielleicht macht ihn das anziehend, sagt er. Ein Clown …

– Er war ein Clown, sagt sie. Und abgesehen davon sind Clowns nicht lustig, nur bei ihren Auftritten.

– Er ist ein unsicherer Kantonist, sagt der Baron.

– Was ist ein unsicherer Kantonist?

– Jemand, mit dem man eigentlich nichts zu tun haben möchte.

– Das hab ich schon im Griff, sagt sie. Ich hab zu tun, mit wem ich will. Außerdem kann ich mir keine Zimmermiete leisten.

– Ich könnte Ihnen eine hübsche kleine Wohnung besorgen, sagt er.

– Nein, danke.

– Keine weiteren Verpflichtungen.

– Nein, danke.

– Haben Sie so was wie eine Vereinbarung mit ihm?

– So was.

– Gefühlsmäßig?

– Was heißt gefühlsmäßig?

– Betrifft es Ihre Gefühle?

– Ach, Sie meinen, ob ich mit ihm schlafe?

– Das auch, sagt er.

– Die Antwort ist nein, sagt sie. Das hab ich Ihnen schon mal gesagt. Sie sollten sich schämen, mir diese Frage zu stellen.

– Dann haben Sie also eine rein geschäftliche Vereinbarung mit ihm? fragt er.

– In der Art.

– Tun Sies nicht, sagt er. Er ist unberechenbar. Keiner, mit dem man gern eine geschäftliche Beziehung eingeht. Glauben Sie mir.

– Ich komm schon mit ihm klar, sagt sie. Nur die Kanone stört mich.

– Das sag ich ja, sagt er. Er ist unberechenbar.

– Ich komm schon mit ihm klar, sagt sie noch mal.

– Überlegen Sie sich meinen Vorschlag, sagt der Baron. Ich meins nur gut mit Ihnen. Keine weiteren Verpflichtungen.

– Da gibts immer welche, sagt Natascha.

34

– Wenn ein Artist vom Trapez fällt, bricht er sich den Hals, sagt Alphonse, aber wenn der Clown so tut, als ob er fällt, bricht er dem Publikum das Herz.

– Was soll das nun wieder bedeuten, Alphonse? sagt Elsbeth.

Sie sitzen zusammen beim Lunch in einem ihrer Lieblings-Restaurants, dem March Hare in Waterloo.

– Das bedeutet: Clowns sind lebenswichtig, Artisten sind Luxus. Und weshalb sind sie lebenswichtig? Weil sie für das Publikum der Spiegel der eigenen Verletzlichkeit sind. Wenn man mit einem Clown Mitleid verspürt, sagt Alphonse, verspürt man eigentlich Mitleid mit sich selbst, mit dem Wesen aus Fleisch und Blut, dessen Herz bricht, dessen Leib vergeht und das bald nicht mehr sein wird. Aber wir lachen über den Clown, werden Sie einwenden, wir weinen nicht um ihn. Das ist gewissermaßen richtig. Aber wir lachen, weil er das Unmögliche vollbracht hat, er hat uns unsere eigene Sterblichkeit vorgeführt und sie uns für einen Moment vergessen lassen. Der Clown ist unser Sündenbock und unser Führer, unser Herr und unser Diener. Wenn ich Ihnen sage, Elsbeth, sagt Alphonse, daß …

Sie hält sich beide Ohren zu. – Ich will nichts mehr hören, Alphonse, sagt sie. Sie treiben mich noch in den Wahnsinn.

Elsbeth zündet sich an der letzten eine neue Zigarette an und drückt die Kippe wütend im überquellenden Aschenbecher aus. – Ich will nichts mehr hören, Alphonse, sagt sie. Ich will wissen, was Sache ist.

– Elsbeth, sagt er. Meine Planung ist abgeschlossen, Ausführung folgt.

– Ich bin so durcheinander, Alphonse, sagt sie. Ich weiß nicht, ob ich Ihnen glauben soll oder nicht.

Ein Kellner wechselt unauffällig den vollen gegen einen frischen Aschenbecher aus.

– Es hat schon angefangen, sagt er und lächelt ihr über den Tisch zu.

– Was? sagt sie.

– Die Verbreitung von Angst, sagt er.

– Es hat angefangen? sagt sie. Was meinen Sie damit? Entweder jemand hat Angst oder nicht. Man kann nicht anfangen, jemandem Angst zu machen.

– Elsbeth, Elsbeth, sagt er. Nun regen Sie sich nicht gleich wieder auf. Ich sage Ihnen: Es hat angefangen.

– Was haben Sie gemacht? fragt sie.

– Glauben Sie mir, je weniger Sie wissen, desto besser, sagt er. Ich habe angefangen, mich bemerkbar zu machen.

– Bemerkbar? sagt sie.

– Das ist erst der Anfang, sagt er.

– Warum haben Sie mir nichts davon gesagt? sagt sie.

– Ich habs Ihnen gesagt, sagt er. Es ist an alles gedacht. Aber Sie hören mir ja nie zu, Elsbeth. Sie sind ja wie vernagelt, Elsbeth. Echt wahr.

– Ich bin so durcheinander, sagt sie. Ich weiß nicht, ob ich Ihnen glauben soll oder nicht.

– Elsbeth, sagt er, ich muß jetzt gehen.

– Gehen?

– Ich habe zu tun, sagt er. Aber seien Sie versichert, meine Planung ist abgeschlossen, Ausführung folgt.

– Und wenn das alles vorbei ist, sagt sie, will ich Sie nie wiedersehen.

– Ich bin Profi, Elsbeth, sagt er. Ich war immer Profi und werde immer Profi bleiben.

– Meinen Sie nicht, das sieht komisch aus? fragt sie.

– Was?

– Wenn wir uns nie mehr sehen?

– Komisch? sagt er. Für wen?

– Ich weiß auch nicht, sagt sie. Wenn herauskommt, daß wir uns getroffen haben.

– Wen interessiert das denn?

– Aber man hat uns doch zusammen gesehen?

– Um so besser, sagt er. Niemand, der jemanden beauftragt, wie Sie mich, ist je in Begleitung des Beauftragten gesehen worden. Noch nie.

– Genau das mein ich ja, sagt sie.

– Gerade weil wir uns zusammen zeigen, kommt niemand darauf, sagt er. Das ist das Schöne daran.

– Aber warum sollten wir uns dann nicht nachher weiter treffen?

– Ich bin Profi, sagt Alphonse.

– Ich werde unsere Mittagessen vermissen, sagt sie.

– Ich auch, sagt er, als die Suppe gebracht wird, ich auch, Elsbeth.

35

– Isabelle?

– Am Apparat.

– Ich dachte, wir sehen uns?

– Entschuldigung, Giles, aber ich hatte so viel um die Ohren.

– Wie wärs am Sonntagabend? Helene fährt für ein paar Tage aufs Land, und ich bin allein zu Haus. Vielleicht möchten Sie zum Abendessen kommen?

– Diesen Sonntag?

– Ja.

– Ich denk drüber nach.

– Wollen Sie oder nicht?

– Doch, Giles. Ich muß nur noch drüber nachdenken.

– Nein, müssen Sie nicht. Ich möchte von Ihnen hier und jetzt wissen: ja oder nein.

– Ich weiß nicht, Giles, sagt sie. Ich hab im Augenblick viel um die Ohren.

– Ja oder nein? sagt er.

– Ja, ich komme.

– Ich erwarte Sie zum Abendessen. Halb acht.

– Halb acht.

36

– Wir schalten die Alarmanlage aus, sagt Lino zu seinem Kontaktmann in Amsterdam. Ihr müßt nur reingehen und es rausholen.

Er hört zu.

– Schön, sagt er. Ja, sagt er. Sonntag.

Er hört zu.

– Ihr solltet freie Bahn haben, sagt er. Ihr solltet in zwei Stunden in Dover sein und pünktlich zum Frühstück zu Hause.

Er hört zu.

– Ja, sagt er. Ja, ihr hört von mir, sagt er.

– Schön, sagt er. Dann erst mal tschüß.

37

– Giles, der Kotzbrocken, hat mich am Sonntag zum Abendessen eingeladen, sagt Natascha.

– Geh nicht hin, sagt Rosie.

– Lust hab ich keine, sagt sie. Aber ich will nicht unhöflich sein.

– Manchmal muß man unhöflich sein, sagt Rosie.

– Vielleicht geh ich trotzdem hin.

– Das wird dir noch leid tun, sagt Rosie.

– Ich mag Abenteuer, sagt Natascha. Aber der macht mir echt Gänsehaut.

– Du mußt selbst wissen, was du tust, sagt Rosie. Aber ich rate dir: Geh nicht.

– Ich weiß nicht, sagt Natascha. Ich glaub, ich geh.

38

– Isabelle?

– Hallo, Baron.

– Isabelle, ist Alphonse da?

– Nein, tut mir leid.

– Schön. Ich wollte nämlich Sie sprechen.

– Ach ja?

– Isabelle, sagt der Baron, warum hör ich nichts mehr von Ihnen?

– Das verstehen Sie nicht, Baron, sagt Natascha.

– Was verstehe ich nicht?

– Wir können uns nicht mehr treffen, sagt sie.

– Warum nicht, Isabelle? Ich hatte das Gefühl, daß wir uns so gut verstehen.

– Das tun wir auch, sagt sie.

– Dann versteh ichs wirklich nicht.

– Sie haben zuviel Geld, Baron.

– Zu viel Geld?

– Ja.

– Versteh ich nicht.

– Es gibt zu viel, was uns trennt, sagt sie.

– An Jahren, meinen Sie?

– Das auch, sagt sie. Aber das ist es nicht. Die Sache ist, daß Sie zuviel Geld haben.

– Aber das kann ich nicht ändern.

– Natürlich nicht, sagt sie. So ist das eben.

Er schweigt. Dann sagt er: – Ich kann Sie nicht umstimmen, Isabelle?

– Nein, sagt sie.

– Würden Sie nicht gerne noch mal mit mir tanzen gehen?

– Sehr gern, Baron, glauben Sie mir. Aber ich fürchte, es geht nicht.

– Es tut mir weh, das zu hören, sagt er.

– Mir auch.

– Und ich kann Sie nicht umstimmen?

– Nein, sagt sie.

– Verstehe, sagt er.

Sie wartet.

– Verstehe, sagt er noch mal.

– Tut mir leid, Baron. Hat mich sehr gefreut, Sie kennen gelernt zu haben.

– Und mich erst, sagt der Baron. Sie haben Licht in mein Leben gebracht, Isabelle.

– Danke, Baron. Sie sind ein großherziger Mann.

– Dann leben Sie wohl, Isabelle.

– Leben Sie wohl, Baron.

39

– Wir brauchen seine Zustimmung nicht, sagt Charlie. Wir heiraten einfach.

– Ich kann nicht ohne seine Zustimmung heiraten, sagt Rosie.

– Dann heiraten wir eben nicht.

– Seh ich auch so, sagt sie. Wer heiratet heute überhaupt noch?

– Hat er was dagegen?

– Wogegen?

– Wenn wir zusammenleben. Ohne Heirat.

– Er ist tolerant, sagt sie. Er ist nur altmodisch.

– Er kann mich mal, sagt Charlie.

– Tash geht zum Abendessen zu Giles, am Sonntag, sagt Rosie.

– Diesen Sonntag?

– Ich hab versucht, ihr das auszureden, aber das hat sie nur bestärkt.

– Gut, sagt er. Das hast du gut gemacht.

– Was meinst du damit?

– Schon gut, sagt er.

– Was hast du vor, Charlie?

– Nichts.

– Mach keine Dummheiten.

– Du kennst mich doch, sagt er. Hab ich je was Dummes gemacht?

40

– Sie kommen spät, sagt der Baron.

Alphonse setzt sich neben ihn auf die Bank.

– Sie kommen spät, sagt der Baron noch mal.

– Das sagten Sie bereits, sagt Alphonse.

– Und? sagt der Baron.

– Nichts, sagt Alphonse.

– Überhaupt gar nichts?

– Rein wie Schnee, Baron, sagt Alphonse.

– Wie lange kennen Sie sie schon?

– Kenne ich wen?

– Meine Frau, Mann, meine Frau.

– Wie meinen Sie das?

– Ich frage, sagt der Baron, weil mir plötzlich ein Licht aufging, als ich Sie beide an jenem Nachmittag zusammen in Soho gesehen habe.

– Ich kann Ihrem Gedankengang nicht ganz folgen, Baron, sagt Alphonse.

– Ich fänd es recht amüsant, sagt der Baron, wenn dem so wäre.

– Wieso amüsant?

– Denken Sie drüber nach, sagt der Baron.

Alphonse blickt auf den Fluß und schweigt.

– Das wars dann? fragt der Baron.

– Was, Baron?

– Untersuchung beendet?

– Das liegt ganz bei Ihnen, sagt Alphonse. Doch meine bisherigen Beobachtungen führten zu der Vermutung, daß weitere Sondierungen nichts zu Tage fördern würden. Ich habe die Bekanntschaft der Dame gemacht, wie Sie selbst bemerkt haben, Baron, weil mir das allemal zuverlässiger erscheint als eine Beschattung aus der Ferne, und ich kann Ihnen nur bestätigen, daß Sie mit Ihrer ersten Vermutung richtig lagen. Sie ist nicht an Männern interessiert, nur an Geld. Allerdings habe ich bei ihr ein gewisses Potential angestauter Gefühle wahrgenommen, echt wahr.

– Ein Potential angestauter Gefühle, Alphonse? sagt der Baron.

– Ich liege mit meinem Urteil selten daneben, sagt Alphonse.

Der Baron holt einen Umschlag aus der Jackentasche hervor. – Hier ist der Rest, sagt er.

Alphonse nimmt den Umschlag, öffnet ihn und zählt die Scheine.

– Bleiben noch die Spesen, sagt er.

– Die sind darin enthalten, sagt der Baron.

– Nicht ganz, sagt Alphonse.

– Alphonse, sagt der Baron, ich habe Ihnen vom ersten Moment an mißtraut. Und alles, was

Sie seitdem getan haben, war geeignet, diesen Eindruck zu verstärken. Ich denke, Sie sollten nehmen, was ich Ihnen gegeben habe, und gehen.

– Baron, Baron, sagt Alphonse, wir sollten unsere Gefühle aus dem Spiel lassen. Wir haben eine geschäftliche Vereinbarung getroffen. Ich würde nur ungern auf meinem Recht bestehen müssen.

– Drohen Sie mir, Alphonse? fragt der Baron.

Der schweigt.

– Ich habe gefragt, ob Sie mir drohen, sagt der Baron.

Alphonse seufzt.

– Okay, Baron, sagt er. Belassen wirs dabei.

Der Baron erhebt sich. – Einen schönen Tag noch, sagt er.

Alphonse holt ein Päckchen Zigaretten aus der Tasche, klopft eine heraus, steckt sie in den Mund und zündet sie an. Er schließt die Augen und läßt den Rauch aus den Nasenlöchern entweichen.

Der Baron entfernt sich in Richtung London Eye.

41

– Papa, sagt Rosie, Charlie möchte dich gern zu seiner Vernissage einladen. Meist Video, aber auch ein paar Fotos.

– Gehst du auch hin, *Cara*?

– Klar, Papa.

– Dann komm ich mit Mama.

– Das hat Charlie gehofft. Er sagt der Galerie, daß sie dir eine Einladung schicken.

– Ich liebe Filme, sagt Lino. Ich freu mich drauf.

– Charlie macht keine Filme, Papa.

– Weiß ich, weiß ich, *Cara*. Aber du weißt, was ich meine.

– Klar. Bis dann, Papa.

42

– Hör doch zu, sagt Natascha. Hör doch verdammt noch mal zu.

– Das kann doch nicht wahr sein, sagt Charlie.

– Du willst einfach nicht zuhören, sagt sie.

– Das kann doch nicht wahr sein, sagt er. Kinder? Auf der Straße? Das kauf ich dir einfach nicht ab.

Sie sitzen draußen an einem Tisch des Cafés in der King's Road.

– Bleibt dir nichts anderes übrig, sagt sie.

– Irgendwas geht hier vor, sagt er.

– Du glaubst mir nicht? Du glaubst, ich hab das eingesackt?

– Noch mal: Wo hast dus gefunden?

– Hab ich doch schon gesagt, sagt sie.

– Ich muß das noch mal hören, sagt er.

– Im Akkordeon, sagt sie. Das Einzige, wo ich nicht nachgesehen hatte. Ich hätts mir denken können, so wie der das Ding umarmt hat und wie die Töne da rauskamen.

– Wie meinst du das? sagt er.

– Das hörte sich so verstopft an. Kein Wunder.

Als ich das aufgemacht hatte, waren die ganzen Scheine drin. Bündel um Bündel. Alle fest zusammengerollt.

– Und du stopfst alles in die Aktentasche, sagt er, und gehst damit auf die Straße und gibst die Aktentasche einer Kinderbande. Das darf doch nicht wahr sein, Tash, das darf doch nicht wahr sein, was du da erzählst.

– Ich hatte meinen Koffer, sagt sie, und meine Tasche und die Aktentasche. Die haben mich angehalten und nach dem Weg gefragt, sagt sie. Die hatten diesen Stadtplan. Den haben sie aufgefaltet und mich nach dem Weg gefragt. Ich hatte den Koffer und die Aktentasche zwischen die Füße geklemmt, und plötzlich schubsen die mich und hauen damit ab.

– Das darf doch nicht wahr sein, sagt er. Und du bist nicht hinterher?

– Klar, bin ich, sagt sie. Was denkst du denn? Die waren einfach zu schnell für mich. Und die haben gelacht. Nicht älter als zwölf oder dreizehn, schätz ich. Die hatten einen Vorsprung, und als ich an die Ecke kam, waren sie weg.

– Das darf doch nicht wahr sein, sagt er.

– Ist es aber, sagt sie.

– Die ganze Zeit, sagt er. Der ganze Aufwand. Und dann hast dus endlich und … Nein, sagt er, das kann doch nicht wahr sein.

– Glaubst du, ich habs eingesackt?

Er sieht sie an. – Nein, sagt er. Das ist nicht dein Stil, Tash.

– Da kannst du Gift drauf nehmen, sagt sie.

– Ich kanns immer noch nicht glauben, sagt er.

– Da wird jemand ganz schön Stielaugen kriegen, sagt sie.

– Na, hoffentlich hattest du wenigstens deinen Spaß, sagt er.

– Es war interessant, sagt sie.

Sie starren in die Menschenwogen, die an dem warmen Frühlingsmorgen vorbeiströmen.

– Das wars dann also, sagt er.

– Mmm.

– Und wie gehts jetzt bei dir weiter, Tash?

– Ich hab meine Pläne.

– Gehst du zu ihm zurück?

– Zu wem?

– Dem Clown.

– Was glaubst du wohl, warum ich den Koffer dabei hab? sagt sie. Außerdem ist meine Mission erfüllt.

– Und was ist mit Giles?

– Halt bloß deine verdammte Schnauze, sagt sie.

– Du triffst dich doch am Sonntag mit ihm, oder?

– Wer hat dir das gesagt?

– Rosie.

– Ich hab ihr extra gesagt, ich will nicht, daß sie über mich redet, sagt sie. Scheiße.

Sie starren auf die vorbeiwogende Menge.

– Du kannst wieder zu mir ziehen, sagt er.

– Nein, danke. Außerdem bist du ja jetzt mit Rosie zusammen.

– Klar. Du kannst trotzdem wieder zu mir ziehen.

– Nein, danke. Rosie ist meine Freundin.

– Na, schön.

– Dann bis dann.

– Bis dann.

43

– Ich hab mir solche Sorgen gemacht, sagt Elsbeth. Ich hab ununterbrochen versucht, Sie anzurufen, Alphonse. Wozu haben Sie ein Handy, wenn es immer ausgeschaltet ist?

– Sind Sie das, Elsbeth?

– Ja, sicher, sagt sie. Ich hab die ganze letzte Woche versucht, Sie zu erreichen, Alphonse. Ich hab mir solche Sorgen gemacht, ob Sie was getan haben.

– Was getan habe, Elsbeth?

– Alphonse, sagt sie, stecken Sie hinter dem Einbruch?

– Welchem Einbruch, Elsbeth?

– Sie wissen, daß Giles der Braque gestohlen wurde?

– Ich hab davon gehört.

– Haben Sies in den Nachrichten gesehen?

– Ich habs gesehen, sagt er.

– Und haben Sie was damit zu tun?

– Ich? Wie sollte ich? Ich hatte selbst einen Einbruch hier.

– Hier? Wovon sprechen Sie, Alphonse?

– Diese Frau ist mit meinem Geld abgehauen.

– Alphonse, sagt sie, was ist nur los? Zuerst der Einbruch, und jetzt ist der Baron verschwunden und hat mir eine Nachricht hinterlassen, daß er mir alles verzeiht, und ich weiß nicht mehr, wo ich stehe.

– Das wußten Sie vorher auch nicht, Elsbeth, sagt er. Echt wahr.

– Ach, Alphonse, sagt sie. Sowas kann ich jetzt überhaupt nicht gebrauchen. Kann ich Sie sehen, Alphonse, es gibt soviel zu besprechen.

– Nur wenn Sie hierher kommen.

– Zu Ihnen? In Ihre Wohnung?

– Ja.

– Warum?

– Ich hab was am Fuß, Elsbeth. Ich bin im Bett und hab keinen, der sich um mich kümmert.

– Ist das schreckliche Mädchen nicht mehr da?

– Nein, sagt er. Sie ist ausgezogen. Sie hat mich ausgeraubt und ist ausgezogen.

– Ausgezogen? Wohin?

– Sie ist abgehauen, das versuch ich Ihnen schon die ganze Zeit klarzumachen.

– Was ist mit Ihrem Fuß passiert, Alphonse?

Schweigen.

– Da ist eine Kugel drin, sagt er endlich. Das ist passiert.

– Eine Kugel? sagt sie. Was sagen Sie da, Alphonse? Hat jemand auf Sie geschossen?

– Ja, sagt Alphonse.

– Aber warum? sagt sie. Was ist passiert? Waren Sie betrunken, Alphonse? Sie waren in den Einbruch verwickelt, stimmts? Ich wußte es, sagt sie. Die Polizei hat alle Flughäfen gesperrt. Es war natürlich versichert, aber es ist unersetzbar. Natürlich, sagt sie, können die Diebe das Bild nicht verkaufen, die arbeiten wahrscheinlich sowieso für einen japanischen Sammler. Helene ist im Krankenhaus, Alphonse. Sie hat wohl einen Schock erlitten, aber dem Baby geht es gut. Sie heißt Olivia. Olivia Mathilda.

– Welches Baby? sagt er. Könnten Sie sich vielleicht zusammenhängender ausdrücken?

– Das Baby, das sie erwartet hat, sagt sie. Der Schock hat eine Frühgeburt ausgelöst, aber Olivia gehts gut.

– Gut? sagt er.

– Deswegen wollte ich Sie ja so dringend erreichen. Der Baron hat mir eine großzügige Leibrente vermacht und Felix' Cottage. Aus irgendeinem Grund hat er Felix das Herrenhaus vermacht. Gottseidank haben Sie so lange gezögert … Gott sei Dank. Alphonse, sind Sie noch da?

– Ja, Elsbeth. Ich bin da.

– Alphonse, sagt sie, haben Sie gewußt, daß sowas passieren würde? Haben Sie deswegen nichts unternommen?

– Ich hab Ihnen doch gesagt, ich hab alles im Griff, Elsbeth.

– Haben Sie das mit dem Baron ausgehandelt? sagt sie. Haben Sie dafür gesorgt, daß er sein Testament ändert und mir eine Leibrente vermacht?

Er schweigt.

– Alphonse, wer hat Sie in den Fuß geschossen?

– Es war ein Unfall, sagt er.

– Ein Unfall? Sagten Sie nicht, jemand habe auf Sie geschossen?

Schweigen.

– Alphonse, sagt sie, ich versteh das alles nicht. Wieso ist der Baron verschwunden und hat alles zurückgelassen? Alphonse, er hat meine Hängematte mitgenommen und mir Felix' Cottage und eine Leibrente vermacht. Stecken Sie dahinter, Alphonse?

Er schweigt.

– Alphonse, sagt sie, sind Sie noch da?

– Ja, Elsbeth, sagt er.

– Wie war das mit Ihrem Unfall, Alphonse?

– Das ist eine lange Geschichte, Elsbeth, echt wahr.

– Können wir uns nicht sehen und darüber

reden, Alphonse? Ich weiß nicht, wie ich mit all dem fertig werden soll. Felix scheint auch verschwunden zu sein. Der Baron schreibt in seinem Brief, daß er ihm das Haus vermacht, aber soweit ich sehe, ist er auch verschwunden. Ich fürchte, hat der Baron gesagt, und ich zitiere ihn wörtlich, ich fürchte, du wirst künftig auf Felix' Dienste verzichten müssen. Was heißt das, Alphonse?

– Das heißt, was er gesagt hat, Elsbeth. Echt wahr.

– Ich könnte kommen und Sie bekochen, Alphonse, sagt sie. Wenn Sie mir sagen, wo Sie wohnen. Ich war früher eine gute Köchin, bis der Baron mich mit seinem Geld verdorben hat. Dann können Sie mir alles erklären. Ist das eine gute Idee?

– Nur wenn Sie mögen, Elsbeth.

– Die Polizei verdächtigt eine internationale Bande, sagt sie. Sie überwachen alle Flughäfen, aber die können natürlich noch in der gleichen Nacht damit verschwunden sein. Die haben Giles gefesselt und in den Vorratsschrank gesperrt. Erst die Putzfrau hat ihn am nächsten Morgen gefunden. Helene war mit dem Baby im Krankenhaus, aber er hatte für zwei gekocht und den Tisch mit dem feinsten Porzellan und Silber gedeckt, und jetzt sagt er, er kann sich an nichts erinnern. Glauben Sie, Alphonse, daß einer sein Gedächtnis derart verliert? Nachdem er den Tisch für zwei deckt, obwohl er genau weiß, daß Helene im Krankenhaus ist?

– Hat er sie gesehen?

– Er kann sich nicht erinnern, sagt sie. Er kann sich an überhaupt nichts an dem Abend erinnern. Er kann sich nicht erinnern, daß er den Tisch für zwei gedeckt oder daß er für zwei gekocht hat, und er kann sich nicht erinnern, wie er gefesselt wurde. Wer hat Sie in den Fuß geschossen, Alphonse?

– Elsbeth, sagt er, Sie regen sich zu sehr auf, echt wahr. Kommen Sie her, machen Sie mir Abendbrot, und wir reden über alles.

– Warum hat er das gemacht, Alphonse, mir Felix' Cottage zu hinterlassen? Erst streicht er mich aus dem Testament, vermacht sein ganzes Geld Giles und Helene und hetzt mir Detektive auf den Hals, und am nächsten Tag verzeiht er mir alles und vermacht mir eine Leibrente und Felix' Cottage. Wissen Sie, was er vorhat, Alphonse?

– Nein, sagt Alphonse. Echt nicht.

– Ich dachte, Sie arbeiten für ihn, Alphonse?

– Schon eine ganze Weile nicht mehr, sagt Alphonse.

– Haben Sie eine Ahnung, wo er steckt, Alphonse? fragt sie.

– Nein, sagt Alphonse.

– Ach, Alphonse, sagt sie. Ich bin so durcheinander. Ich rauche drei Päckchen Zigaretten am Tag, und meine Kehle fühlt sich an wie Schmirgelpapier.

– Das sollten Sie nicht, Elsbeth, sagt er. Echt nicht.

– Ich hätte Sie nie anheuern dürfen, sagt sie. Ich hätte nie diesen Weg wählen dürfen. Gottseidank ist nichts passiert, Alphonse.

– Wir müssen mit unseren Entscheidungen leben, sagt er. Echt wahr.

– Was heißt das? sagt sie.

Schweigen.

– Sie stimmen mir doch zu, Alphonse, oder? sagt sie. Ich wußte gleich, daß es töricht war. Von dem Moment an, wo wir uns zum ersten Mal begegnet sind, hat sich mein Zigarettenkonsum verdoppelt. Das hätte mir doch zu denken geben müssen, Alphonse, oder nicht?

– Elsbeth, sagt er, ich muß jetzt auflegen. Ich ertrage das nicht mehr. Echt nicht.

– Tut mir leid, Alphonse, sagt sie, aber Sie müssen das mal von meiner Seite sehen. Ich bin jetzt eine reiche Frau, oder nicht? Ist er mit einer anderen Frau auf und davon? Hat Felix was damit zu tun oder nicht? Sind Sie auf meiner Seite oder auf seiner? Verstehen Sie mich, Alphonse?

– Ich kann nicht mehr, Elsbeth, sagt er. Echt nicht. Kommen Sie jetzt her oder nicht?

– Selbstverständlich komme ich, sagt sie. Sagen Sie mir, wo Sie wohnen, und ich komme so schnell ich kann.

– Nur für heute Abend, Elsbeth, sagt er. Tagsüber brauche ich Ruhe.

– Ich fall Ihnen nicht zur Last, sagt sie. Waren Sie beim Arzt?

– Ich kann mich nicht rühren, Elsbeth, sagt er. Ich bin ans Bett gefesselt und kann mich nicht rühren.

– Sie können einen Arzt kommen lassen, sagt sie. Selbst heutzutage noch. Sie müssen nur darauf bestehen.

– Und was soll ich sagen, wenn er nach der Kugel fragt? sagt er.

– Was ist passiert, Alphonse? fragt sie. Sie haben mir nicht gesagt, was passiert ist.

– Ich erzähls Ihnen, Elsbeth, sagt er. Kommen Sie her, dann erzähl ich Ihnen alles.

– Ich bin so durcheinander, sagt sie. Wieso setzt er mir eine Jahresrente von fünfzigtausend Pfund aus? Glaubt er, er kann mein Schweigen erkaufen? Oder spielt er eines seiner Spielchen mit mir?

– Das müssen Sie mit einem Anwalt besprechen, Elsbeth, sagt Alphonse. Sie müssen mit Ihrem Anwalt sprechen.

– Den seh ich morgen, sagt sie. Offensichtlich hat der Baron ihm bereits Anweisungen gegeben. Bestimmt gibt es einen Haken dabei. Warum sollte er Felix das Herrenhaus vermachen? Warum will er mich demütigen und hinterläßt mir das Cottage von Felix?

– Hier ist die Adresse, sagt Alphonse. Haben Sie was zu schreiben?

44

– Ich hatte gehofft, Mr. O'Hagan würde ein paar Worte über sein Werk sagen, sagt Miles Quiligan, der Galeriebesitzer, nachdem die Gästeschar endlich zur Ruhe gekommen ist, doch aus verständlichen Gründen hat er abgelehnt. Ich bin glücklich, Ihnen mitteilen zu können, daß der berühmte Kunstkritiker Hector Zamora sich bereit erklärt hat, uns die hier gezeigten Werke näherzubringen.

Der berühmte Kunstkritiker, stattlich, eindrucksvoll, schulterlanges schwarzes Haar, erhebt sich.

– Wallace Stevens, der amerikanische Dichter, beginnt er, schrieb einst ein kleines Gedicht mit dem Titel *Geöffnet in Tennessee.* Das Gedicht erzählt, wie eine Landschaft Klarheit und Bedeutung gewinnt, weil jemand eine geöffnete Flasche hineingestellt hat. Der Titel dieser Ausstellung, *Geöffnet*, ist vielleicht eine geistvolle Anspielung auf das Gedicht und seine Aussage. Denn auf den Fotos, die Sie an den Wänden sehen, und den Videos, die Sie auf den zwei Bildschirmen verfolgen können, geht es stets um die Wandlung von Bedeutungslosigkeit zu Bedeutung, von Rohem zu Gekochtem, von Natur zu Kultur sowie ihre Rückwandlung. Um den Verlust, der damit einhergeht, und sich mitunter als Gewinn entpuppt. Die meisten Künstler, fährt Zamora fort, sind zufrieden, das eine oder das andere zu ergründen, Natur oder Kultur, und nur wenigen Großen ist es gelungen, beides zu ergründen. Das Besondere an den Werken, die Sie hier sehen, ist, daß sie nicht die eine oder andere Seite ergründen, sondern das Wesen ihrer Abhängigkeit wie auch das Wesen ihrer Wechselwirkung. Dies geschieht nicht durch die überhitzte Sprache des Expressionismus noch durch die unterkühlte Sprache der Popart, sondern durch eine Art Abwesenheit – die Abwesenheit eines Stils, die Abwesenheit einer »Stimme«. Das zeigt sich am klarsten in den frühen Videoinstallationen, für die der Künstler Türen aufgenommen hat.

Er macht eine Pause, holt sein Taschentuch hervor und wischt sich die Stirn, denn das Gedränge in der kleinen Galerie hat die Temperaturen ansteigen lassen.

– Was ist eine Tür? fährt er im Befehlston fort. Wie schon die Römer wußten, hat jede Tür zwei Seiten, wie ein *Janus*kopf. Geschlossen gehört sie zur Oberfläche, ist Teil der Fassade, wenn die Tür die Haustür ist, wie hier dargestellt. Geöffnet ist sie eine kommunizierende Röhre, ein Durchgang vom Inneren ins Äußere und vom Äußeren ins Innere. Eine »offene Tür« ist gewissermaßen gar keine Tür mehr. Sie ist verschwunden und an ihre Stelle ist die Leere getreten, ein Ort der Finsternis, des Nichts, vor dem wir erwartungsvoll ausharren.

Er macht wieder eine Pause und weist mit den Armen in die Runde des Raumes.

– An den Wänden hier, fährt er fort, sehen Sie Fotos von offenen Türen und Fotos von Türen in verschiedenen Zuständen des Geöffnet- und Geschlossenseins. Dahinter steckt kein Drama wie in Kafkas Gleichnis von der Tür und dem Türhüter. Keine Allegorie. Dies bleiben gewöhnliche Türen in gewöhnlichen Häusern, und die Leute, die dort ein und ausgehen, bleiben gewöhnliche Leute. Manchmal winken sie in die Kamera, wenn sie hineingehen, drehen sich um, um zu signalisieren, daß sie die Präsenz des Fotografen bemerkt haben. Manche winken, wenn sie aus der Tür vom Dunklen ins Licht treten. Die meisten scheinen nichts zu bemerken, leben einfach ihr Leben und gehen ihren Alltagsgeschäften nach.

– So viel, sagt Zamora und wischt sich Stirn

und Nacken mit dem nun schweißnassen Taschentuch, zu den Fotografien an dieser Wand. Die interessantesten Arbeiten dieser Ausstellung sind – in meinen Augen – allerdings die Video-Installationen. Hier, so scheint mir, findet der Künstler gänzlich zu sich selbst, sein Anliegen hat die ihm gemäße Form gefunden. Wieder sind das Thema scheinbar nur Türen. Die Kamera verharrt einige Minuten, und, da sich nichts bewegt, könnten wir sie betrachten wie eine Fotografie. Doch aufgepaßt. Plötzlich ist der Anblick der glatten Fassade gestört. Eine dunkle Linie wird sichtbar. Eine Tür beginnt sich zu öffnen. Sie bleibt lange geöffnet, und wieder meinen wir, eine Fotografie zu betrachten, nur diesmal ist es eine weiße Wand, in der ein Stück fehlt, oder eine weiße Fassade mit einem schwarzen Längsschnitt. Oder die Tür ist ganz geöffnet und eine Gestalt erscheint mit dem Rücken zu uns, sie verläßt langsam das Innere, bis sie sich zum Treppenabsatz wendet. Oder eine Gestalt erscheint auf dem Treppenabsatz, mit dem Rücken zu uns, bückt sich, steckt einen Schlüssel in die Tür, richtet sich auf, tritt ein, schließt die Tür wieder. Oder die Tür öffnet sich von innen und eine Gestalt steht für einen Augenblick auf der Schwelle, sieht hinaus, dreht sich um, schließt die Tür, dreht sich wieder zurück und eilt aus dem Bild. Gerade diese Bildfolge, diese feinfühlige Verbindung von Bewegung und Bewegungslosigkeit, erinnert mich an das Werk eines anderen Videokünstlers: der Videokünstlerin Tacita Dean. In einem ihrer Videos zeigt Dean eine Wasseroberfläche, unter der eine gewaltige, stillgelegte Unterwasserstation sichtbar wird. Nichts bewegt sich. Nicht die Wände, nicht das dunkle Wasser im Vordergrund, nicht die Kamera. Wir meinen, eine wunderbar gestaltete Fotografie zu betrachten. Und dann bemerken wir: Das Wasser bewegt sich in Wahrheit stetig von der rechten zur linken Seite des Bildschirms. Doch die Bewegung ist so verhalten, daß wir eine Weile brauchen, um sie zu bemerken. Und obwohl die Bewegung so regelmäßig ist, daß sie fast als Bewegungslosigkeit empfunden wird, ist sie doch eine Bewegungslosigkeit, die nur von einer Kamera dargestellt werden kann.

– In den Werken, die wir hier vor uns haben, fährt Zamora fort, ist die Wirkung weniger minimalistisch, sondern menschlicher. Wir leben schließlich in der Stadt und nicht draußen auf dem Land. Häuser werden von Leuten für Leute gebaut. Und dennoch gibt es Entsprechungen. Wir sehen eine Tür, inmitten einer Fassade, einige Minuten lang. Die Tür schwingt nach innen, Schwärze erfüllt den Schirm, eine Gestalt taucht auf, die Tür schließt sich wieder, und die Bewegungslosigkeit ist wieder hergestellt. Haben sich unsere Augen getäuscht? Ist wirklich etwas geschehen? Was in unser Bewußtsein gedrungen ist, sagt Zamora, ist Zeit, reine Zeit. Ohne das Öffnen der Tür und ihre nachfolgende Schließung wäre die Zeit stehen geblieben. Und sie scheint still zu stehen. Doch dieser Eindruck wird gestört von dem, *was geschehen ist*, und daher wieder geschehen kann. Hier haben wir die Grundelemente des Dramas: Spannung, unsere Begierde zu erfahren, *was als nächstes geschieht.* Diese Wirkung, fährt er fort, kann mit einem einzigen Bild erreicht werden. Das Bild einer geöffneten Tür ist genau genommen das Imago der Spannung, der Erwartung eines *Ereignisses.* Deswegen stehe ich nicht an zu sagen: Diese scheinbar diesseitigen, weltoffenen, stillen Bilder sind in Wirklichkeit Bilder, die in direkter Tradition der abendländischen Religion stehen, Bilder, die den Künstler mit den großen katholischen Malern verknüpfen, die in ihrer Kunst das Geheimnis der Fleischwerdung, das Dasein oder die Erscheinung des Göttlichen in unserer Mitte ergründen, seiner Gegenwart inmitten der seichtesten und insipidesten Manifestationen, aus denen das Leben zusammengeflickt ist. Nun, genug der Worte. Oder, um mit den Amerikanern zu sprechen: Amüsieren Sie sich!

Rosie wendet sich ihrem Vater zu: – Wie findest dus?

– Keine Ahnung, sagt Lino.

– Keine Ahnung wovon?

– Ich seh nur Türen. Und auf einmal soll das katholisch und Religion sein.

– Wollen wir uns mal umsehen?

Sie stehen auf und gehen zu einem der Monitore. Einige Gäste mit Gläsern in den Händen haben sich bereits darum versammelt. Lino setzt sich auf den letzten freien Stuhl. Rosie steht hinter ihm, die Hände auf die Stuhllehne gestützt. Das Video läuft schon.

Der Bildschirm zeigt meist freien Himmel, aus einem fahrenden Wagen aufgenommen. Gelegentlich rauschen die Giebel der Häuser vorbei, und als der Himmel sich verdunkelt, punktieren die Staßenlaternen den Himmel. Das Ende kommt plötzlich.

– Eine frühe Arbeit, sagt Rosie.

Das zweite Video ist nahezu statisch, die Kamera zeigt eine Tür, die sich langsam von innen öffnet und einen dunklen Innenraum freigibt. Dann schließt sich die Tür langsam wieder.

– Die Wirkung wird zum Teil durch die Stille erzielt, sagt jemand. Musik würde alles kaputt machen.

Das dritte folgt einem Ball, wie er einen Weg

hinunterrollt und schließlich vom Rand eines Teiches voller Lilien angehalten wird.

– Noch eine frühe Arbeit, sagt Rosie.

– *Cara*, sagt Lino. Ich muß nach Hause. Mama wartet.

Doch das vierte Video hat schon angefangen. Wieder ist die Kamera auf eine Haustür gerichtet, diesmal offensichtlich der Eingang eines eleganten Hauses, wo einige Steinstufen zu einem überdachten Portal führen. Plötzlich betritt ein Mann mit dem Rücken zur Kamera die Szene. Ein Keuchen entfährt den um den Bildschirm versammelten Zuschauern, als der Mann sichtbar wird: Er hat eine schwarze Wollmütze über das Gesicht gezogen, wie man sie von IRA-Kämpfern und anderen Terroristen kennt. Das Keuchen wandelt sich in Gelächter, als ein zweiter maskierter Mann auftaucht. Zusammen mühen sie sich mit der Tür ab, bis sie sich plötzlich öffnet und beide eintreten. Die Tür schließt sich wieder. Minuten vergehen. Das Publikum plaudert und scherzt. Dann öffnet sich die Tür auf dem Bildschirm plötzlich wieder und einer der Männer tritt langsam rückwärts gehend heraus. Er trägt einen großen rechteckigen, in schwarzes Tuch eingeschlagenen Gegenstand. Der zweite Mann taucht auf, und beide stehen eine Weile unter dem überdachten Portal und balancieren den Gegenstand in ihrer Mitte, während der zweite die Tür zuzieht. Dann verschwinden sie langsam aus dem Bild, der Erste langsam rückwärts trippelnd, dann der eingewickelte Gegenstand, dann der Zweite. Die Kamera verweilt noch eine Weile auf dem überdachten Portal, dann ist das Video zu Ende.

Das Publikum zerstreut sich.

– Das kannte ich noch gar nicht, sagt Rosie.

Lino schweigt.

– Das mußt du mehrmals auf dich wirken lassen, sagt sie. Du mußt den Rhythmus erfassen.

Die Serie beginnt wieder von vorne. Ein neues Grüppchen bildet sich um den Bildschirm. Charlie schlendert zu ihnen herüber.

– Kommt, laßt uns was trinken, sagt er.

– Bitte bleib, *Cara*, sagt Lino und steht auf. Ich geh nach Hause.

– Ist alles in Ordnung, Papa?

– Aber sicher. Bleib du nur.

– Schön, daß er gekommen ist, sagt Charlie, während sie Lino nachschauen.

– Oh, er wollte kommen, sagt Rosie. Er interessiert sich für deine Arbeit.

– Glaubst du, ihm hats gefallen?

– *Mir* hats gefallen. Das letzte kannte ich noch gar nicht.

– Das ist eine neue Richtung, sagt er. Zamora

kannte das natürlich noch nicht. Jetzt kann er sein Geschwafel in den Papierkorb werfen.

– War doch sehr nett, was er gesagt hat, sagt Rosie.

– Geschwafel, sagt Charlie. Aber so sind sie, die Kritiker.

45

Elsbeth hat Alphonses Fuß gewaschen und ist dabei, ihn zu verbinden.

– Felix ist weg, sagt sie. Nur Wally, der Gärtner, ist noch da. Es fängt langsam an, mir zu gefallen, nur jammerschade um die Hängematte.

– Man sieht, daß es dir gut geht, sagt Alphonse. Du rauchst nicht soviel, und deine Haut sieht besser aus.

– Meine Haut war immer gut, sagt Elsbeth. Ich rauch doch hier nicht, wo du krank bist, und überhaupt.

– Vorher hättest du, sagt Alphonse. Echt wahr.

– Stimmt, sagt sie. Vielleicht. He, sagt sie, wie fühlt sich das an?

– In Ordnung, sagt er widerwillig.

– Und jetzt, sagt sie, erzähl mal, wie das passiert ist.

– Ich stand da im Garten, sagt Alphonse. An der gleichen Stelle wie beim ersten Mal. Hinter dem Baum. Ich hab gehört, wie sie im Haus rummachte, und darauf gewartet, daß sie rauskommt, ich wußte ja, daß sie irgendwann rauskommt.

Ich hatte die Kanone bereit, und als das Licht in der Küche anging, hab ich auf die Tür gezielt.

– Du wolltest sie erschießen? sagt sie entsetzt.

– Ja, sicher, sagt er. Es sei denn, ich hätte mein Clowns-Gewehr dabeigehabt, das nur Blumen verschießt.

– Sie war nicht geladen?

– Nur ein Scherz, sagt er.

– Du wolltest sie *echt* erschießen?

– Elsbeth, sagt er, kann ich jetzt weiter erzählen oder nicht?

– Tut mir leid, sagt sie.

– Ich hatte also die Kanone im Anschlag, und als in der Küche das Licht anging, sagt er, hab ich auf die Tür gezielt. Ich sah, wie sie langsam geöffnet wurde, und dann stand sie da und starrte mich direkt an, voll ausgeleuchtet. Ich hob meinen Arm, und sie sah die Kanone und schlug ihre Hände vor den Mund, und in dem Augenblick fiel etwas aus dem Baum auf mich, und die Kanone ging los, und sie schrie, und ich spürte grauenvolle Schmerzen im Fuß und im Nacken. Das Vieh, das mich angefallen hatte, rannte kreischend weg, sie fiel rückwärts ins Haus, und ich haute ab. Ich weiß nicht mehr, wie ich hierher gekommen bin. Ich muß in der U-Bahn mehrmals in Ohnmacht gefallen sein, aber ich habs geschafft. Ich war sicher, daß ich mir den Fuß abgeschossen hatte, aber als ich den Schuh auszog, sah ich, daß die Kugel den Knochen nur gestreift hat.

– Du wolltest sie wirklich umbringen?

– Das sollte ich doch, sagt er.

– Was für ein Glück, daß dus nicht getan hast, sagt sie. Jetzt hat mir der Baron das ganze Geld hinterlassen, ohne daß ich etwas dafür tun mußte.

– Ich hab ja immer gesagt, diese Dinge darf man nicht überstürzen, sagt Alphonse. Aber du hast gedrängt und gedrängt.

– Wie sollte ich denn wissen, daß es so kommt? sagt sie. Zum Glück hatte Helene nur einen Schock und erholt sich im Krankenhaus von der Geburt einer süßen Tochter, der es auch gut geht, und sogar Giles, das Schwein, hat sich von seinem Schicksalsschlag erholt.

– Bleibt nur die Frage nach meinem restlichen Honorar, sagt er.

– Aber du hast es ja nicht getan, sagt sie.

– Ich hab mein Bestes gegeben, Elsbeth, sagt er. Und es hat sich alles zum Besten gewendet. Echt wahr.

– Kannst du Auto fahren? fragt sie ihn.

– Ich? sagt er. Selbstverständlich. Warum die Frage?

– Der Baron hat mir den Wagen dagelassen, sagt sie. Und Felix ist verschwunden. Selbst wenn er noch hier wäre, glaube ich nicht, daß er mich noch fahren würde, wo ihm jetzt das große Haus gehört. Wenn du willst, kannst du bei mir wohnen, sagt sie. Das Cottage ist nicht besonders groß, aber das kriegen wir schon auf die Reihe.

Alphonse starrt auf seinen verbundenen Fuß.

– Nach Isabelles Auszug ist es hier ziemlich trostlos, sagt er. Sie war ziemlich groß und hat eine große Lücke hinterlassen. Ich seh keinen Grund, warum ich dein Angebot nicht annehmen sollte, Elsbeth, echt nicht.

46

– *Cara*, hier ist Papa. Ich muß mit Charlie reden.

– Charlie?

– Ist er bei dir?

– Ja, Papa, aber weswegen mußt du mit ihm reden?

– Laß mich mit ihm reden, *Cara*.

– Das ist Papa, sagt sie, die Hand über der Sprechmuschel. Er möchte mit dir reden.

– Ja, sagt Charlie und nimmt den Hörer.

– Worum gehts in dem Film, he? sagt Lino.

– Welchen Film meinst du?

– Gehst du damit zur Polizei?

– Zur Polizei? Ich bin Künstler, Lino. Die Polizei soll ihre Drecksarbeit alleine machen.

– Gehst du an die Presse?

– Worum geht's eigentlich, Lino?

– Wie viel? sagt Lino.

– Wie viel was?

– Wie viel willst du?

– Für die Fotos?

– Für das Ganze.

– Welches Ganze?

– Charlie, sagt Lino, halt mich nicht zum Narren. Zehn Riesen.

– Zehntausend?

– Willst du mehr?

– Rosie möchte, daß wir heiraten.

– Prima Idee, Charlie. Warum fragst du mich nicht?

– Sie hat dich gefragt, Lino. Und du hast gesagt, nicht solange du lebst, weil ich Künstler bin.

– Das war, bevor ich den Film gesehen hab, sagt Lino.

Schweigen.

– Also schön, fünfzehntausend und du heiratest sie, sagt er. Alles, alle Abzüge, alle Negative, alles.

– Fünfzehntausend?

– Ja.

– Woher der Sinneswandel?

– Ich liebe deine Arbeit, sagt Lino. Für fünfzehn Riesen kauf ich alles, klar? Alles. Und du machst neue Fotos vom Restaurant, okay?

– Hey, sagt Charlie, Moment mal. Ich muß drüber nachdenken.

– Okay, sagt Lino. Fünfzehn Riesen nur für die Videos. Und eine schriftliche Erklärung, daß ich alle Rechte daran habe.

– Zwanzig, sagt Charlie.

– Fünfzehn, sagt Lino.

– Mit achtzehn bin ich dabei, sagt Charlie.

– Einverstanden, sagt Lino. Du gibst Rosie die Videos, sie bringt sie her, und ich geb dir achtzehn und meinen Segen. Okay?

– Lino, sagt Charlie, du bist ein lieber Kerl. Ich habs doch immer gewußt.

– Ich weiß nicht, ob ich lieb bin, sagt Lino. Aber ich habe das beste Restaurant in Knightsbridge.

– Hast du, Lino, hast du.

– Und keine Tricks, Charlie, klar? sagt Lino. Du gibst ihr alle Videos, alle Filme, die du hast, und sie bringt sie her, und ich geb dir achtzehn Riesen und meinen Segen.

– Abgemacht, sagt Charlie.

Er legt den Hörer auf. – Dein Vater ist unter die Kunstsammler gegangen, sagt er.

– Wie meinst du das?

Er erklärt ihr die Abmachung.

– Er hat ein gutes Herz, sagt sie. Und einen klugen Kopf. Er spürt, daß du auf dem Weg nach oben bist, und er sieht, was gut ist, wenn er was Gutes sieht.

– Er will, daß wir heiraten, sagt Charlie.

– Ich hab mir schon gedacht, daß er einlenkt, sagt sie, wenn er den Wert deiner Arbeit erkennt.

Ein gutes Herz und ein gesundes Gespür fürs Geschäft – so ist er.

– Und du hast beides geerbt, mein Schatz, sagt Charlie und hebt sie hoch.

47

Natascha und der Baron nippen an ihren Ouzos in einem Café hoch über der Bucht von Simi, einer griechischen Insel unweit der türkisch-kleinasiatischen Küste.

– Ich mochte seinen Körper, sagt Natascha, aber er hatte den Verstand eines Flohs. Davon abgesehen konnte ich seine Arroganz nicht leiden.

– Ich bin selbst ziemlich arrogant, sagt der Baron.

– Kein Vergleich mit Charlie, sagt sie. Und deinen Körper lieb ich noch viel mehr.

– Ich finde, du solltest Vergleiche dieser Art nicht anstellen, sagt der Baron.

– Stell dich nicht so an, sagt sie.

Aus den Lautsprechern auf dem Platz über ihnen schmettert ein bekanntes griechisches Lied. Ein hoher Heulton unterbricht das Lied. Es fängt kurz noch mal an, hört wieder auf. Eine Stimme sagt etwas auf Griechisch.

– Was war das? fragt Natascha.

– Ich habs nicht mitbekommen. Sehen wir doch mal nach.

Sie lassen alles an ihrem Platz im Café liegen und steigen die paar Stufen zum Platz hoch. An einer Seite ist eine Schaubude errichtet und zwei junge, langhaarige Menschen in Jeans räumen Sachen aus einer Kiste und hängen sie an Haken hinter der Bude auf. Davor, mit Blick auf die Bude, sind reihenweise Stühle aufgestellt, auf denen schon Scharen aufgeregter Kinder sitzen und lachen und schwatzen. Weiter hinten, auf den Bänken am Rande des Platzes haben einige Erwachsene Platz genommen, die sich unterhalten oder einfach ausruhen, die Einkaufstaschen zu ihren Füßen.

Der Baron geht zu den zwei jungen Leuten und redet mit ihnen. Natascha sitzt auf einem der Stühle in der hintersten Reihe und blickt in den wolkenlosen Himmel, der sich langsam verdunkelt.

Der Baron kommt zurück und stellt sich neben sie. Er legt eine Hand auf ihr glänzendes Haar, und sie legt, ohne den Kopf zu bewegen, ihre Hand auf seine.

– Das ist Karagöz, sagt er. Das Puppen-Schatten-Spiel. Die Vorstellung beginnt um neun.

Sie streichelt seine Hand.

– Das ist Türkisch, sagt er. Schön, daß die hier auftreten.

– Keine Belehrungen, bitte, sagt sie.

– Tut mir leid.

– Nein, sagt sie. *Mir* tuts leid.

Vom Platz aus sind die kahlen Hügel sichtbar, deren Wälder einst für den Bau der türkischen Flotte abgeholzt wurden.

Sie gehen ins Café zurück und bestellen noch einen Ouzo.

– Natascha, sagt er.

Sie sieht ihn an. – Seit wann weißt dus? sagt sie.

– Steht in deinem Paß.

– Ich bin froh, sagt sie.

– Froh?

– Ich hab den Namen gehaßt.

– Es war ein schöner Name, sagt er.

– Aber nicht meiner, sagt sie.

– Stimmt, sagt er.

– Aber jetzt bist du dran, sagt sie.

– Womit?

– Du bist gar kein Baron.

– Hab ich auch nie behauptet. Ich heiße und alle nennen mich nur so.

– Egal, wie sie dich nennen, sagt sie. Du bleibst du. Und worum gehts in dem Telegramm in deinem Paß?

– Das kommt von Felix, sagt er.

– Ich hab gesehen, daß es von Felix ist. Was bedeutet: Yolande neue Miss Jenkin 764152?

– Das war mein Kindermädchen, sagt er, ich hab sie abgöttisch geliebt.

– Und was bedeutet: neue Miss Jenkin.

– Eine Nachricht, sagt er. Sie besagt, daß alles so geschehen ist, wie ich es erhofft hatte. Elsbeth ist mit Alphonse in das Cottage gezogen, und Felix ist auf Weltreise.

Er legt seine Hand auf ihre. – Natascha, sagt er, nach der Karagöz-Vorstellung könnten wir noch tanzen gehen, wenn du willst.

– Ja ich will, sagt sie und lacht. Ja.

ENDE

Gerd Haffmans
bei Zweitausendeins

Die komischen Deutschen
881 gewitzte Gedichte aus 400 Jahren.
Herausgegeben und mit einem Nachwort von Steffen Jacobs.

Die komischen Deutschen: Das Hörbuch
104 gewitzte Gedichte aus 400 Jahren.
Komponiert, dirigiert & vorgetragen von Steffen Jacobs
mit Katharina Thalbach, Harry Rowohlt und Gerd Haffmans.

Kyril Bonfiglioli
Charlie Mortdecai in Das große Schnurrbart-Geheimnis.
Ein komischer Fall für Zwei. Deutsch von Steffen Jacobs.

Christopher Buckley
Florence von Arabien. Der Roman der Frauen-Schicksale
im Nahen Osten. Deutsch von Martin Richter.

Wilhelm Busch
Die Gedichte. Herausgegeben und mit einem Nachwort
»Ein deutscher Klassiker der Komik« von Gerd Haffmans.

Jenny Eclair
Vorstadt-Schönheit. Vom Treiben & Paaren in den Großen Städten.
Deutsch von Juliane Zaubitzer.

Gustave Flaubert
Der Briefwechsel mit den Brüdern
Edmond & Jules de Goncourt.
Alle erhaltenen Briefe und alle Eintragungen zu Flaubert
aus dem Tagebuch der Brüder erstmals deutsch.
Übersetzt und mit Anmerkungen von Cornelia Hasting.

Gustave Flaubert
Bouvard und Pécuchet. Roman vom Mangel an Methode in den Wissenschaften.
Mit dem »Wörterbuch der Gemeinplätze«.
Vollständig neu übersetzt und mit Anmerkungen von Caroline Vollmann.

Gustave Flaubert
Salambo. Der Roman Karthagos.
Vollständig neu übersetzt und mit Anmerkungen von Petra-Susanne Räbel.

Thomas Gsella
Generation Reim. Gedichte & Moritat.
Mit Zeichnungen von Greser & Lenz.

Wolfgang Herrndorf
In Plüschgewittern.
Ein deutscher Hauptstadtroman.

Ludwig Homann
Ein deutsches Leben.
Zwei Romane: »Der weiße Jude« und »Der Hunne am Tor« erstmals in einem Band.

David Huggins
Ein einziger Hit. Ein Hard-Rock-Thriller.
Deutsch von Karsten Singelmann.

Rudi Hurzlmeier & Harry Rowohlt & Roger Bolan
Happy Birds-Day.
Die bunte Welt der Vögel in Bild & Vers.
Deutsch & English.

Rudi Hurzlmeier & Harry Rowohlt
Wahre Engel und andere Geister der Weihnacht in Bild & Vers.

Steffen Jacobs
Angebot freundlicher Übernahme.
Lyrik der Lust, Liebes- & Lebenspein.
Mit CD, belesen vom Dichter.

Gabriel Josipovici
Nur ein Scherz. Ein Kunst-, Räuber-, Liebes- & Glücks-Roman im Gespräch. Deutsch von Gerd Haffmans.

Karin Kusterer
Märchen von der unmöglichen Liebe.
Roman von werdendem Leben und einer Reise ins Herz
der Finsternis Afghanistans.

Philip Larkin
Wirbel im Mädcheninternat Willow Gables.
Der bezaubernde Mädchenroman eines großen Lyrikers.
Deutsch von Steffen Jacobs.

Charles Lewinsky
Der A-Quotient.
Theorie und Praxis des Lebens mit Arschlöchern.
Ein Lehrbuch mit Zeichnungen von Thomas di Paolo.

Georg Christoph Lichtenberg
Die Aphorismen-Bücher. Vollständige Ausgabe in einem Band,
herausgegeben von Albert Leitzmann.

Till R. Lohmeyer
Unter Zoologen. Von Vögeln, Käfern & Karrieren
und tödlichen Liebes-Trieben.

Graham Lord
Leider sehen wir uns gezwungen, Ihnen mitzuteilen …
(Sie sind gefeuert!) Die Komödie vom harten Los: arbeitslos.
Deutsch von Miriam Carbe.

Ludger Lütkehaus
NICHTS. Abschied vom Sein. Ende der Angst.
Ein Lebenswerk.

Jenny McPhee
Der Kern der Dinge. Eine sexy Geschichte
vom klassischen Kino, um Klatschpresse, Quantenmechanik
und Mr. Right.

Xavier de Maistre
Reise um mein Zimmer & Nächtliche Expedition um mein Zimmer.
Ein kleiner Klassiker. Deutsch von Caroline Vollmann.
Mit Reise-Bildern von Andy Wildi.

Axel Marquardt
Anselm im Glück.
Ein europäischer Reise- & Schelmenroman.

Linda Verhaelen
Das Leben als Zumutung.
Das Schlampenleben geht weiter zwischen Büro und Bar.

Oscar Wilde
Werke in 5 Bänden.
Vollständig neu übersetzt
von Bernd Eilert, Georg Deggerich, Susanne Luber,
Petra-Susanne Räbel, Eike Schönfeld und Hans Wolf.
»Neue Zürcher Ausgabe«.

Oscar Wilde – Ein Leben in Schönheit
Eine literarische Revue über Leben und Werk des Dichters,
Denkers & Dandys zu seinem 150. Geburtstag.
CD von und mit Harry Rowohlt, Monika Schärer, Christian Glockzin
und Gerd Haffmans.

Der Raben-Kalender
Für jeden Tag im Jahr 2006,
herausgegeben von Tini Haffmans.
Der Kalender hier macht täglich,
ja Tag für Tag
den Tag erträglich.

Das wüste wilde Weihnachtsbuch
Nicht mehr Feierliches in Wort & Bild,
herausgegeben von Gerd Haffmans.

Wörterbuch
Schweizerdeutsch – Deutsch
Anleitung zur Überwindung von Kommunikationspannen.
Vorwort von Josef Estermann, Nachwort von Fritz Senn,
Zeichnungen von Volker Kriegel.